톱스타
이건우

톱스타 이건우 5

크레도 장편소설

초판 1쇄 찍은 날 § 2018년 4월 23일
초판 1쇄 펴낸 날 § 2018년 4월 30일

지은이 § 크레도
펴낸이 § 서경석

총괄팀장 § 최하나
편집책임 § 이선근

펴낸곳 § 도서출판 청어람
등록번호 § 제387-1999-000006호
등록일자 § 1999. 5. 31
어람번호 § 제1-2890호

주소 § 경기도 부천시 부일로 483번길 40 서경B/D 3F (우) 14640
전화 § 032-656-4452 팩스 § 032-656-4453
http://www.chungeoram.com
E-mail § chungeorambook@daum.net

ⓒ 크레도, 2017

ISBN 979-11-04-91714-1 04810
ISBN 979-11-04-91462-1 (세트)

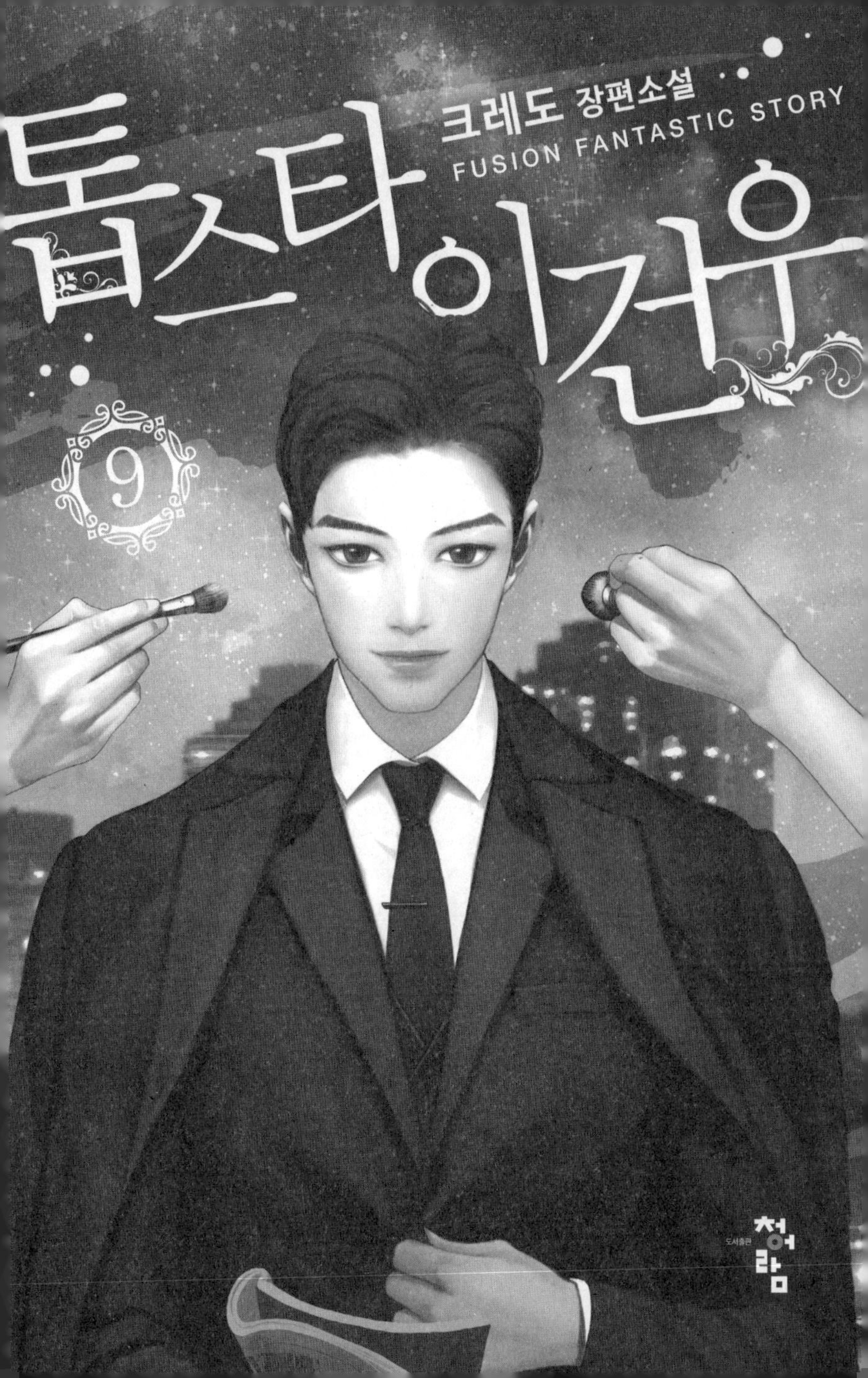
톱스타 이건우
크레도 장편소설
FUSION FANTASTIC STORY
9
도서출판 청어람

톱스타 이건우

C o n t e n t s

1. 민폐 하객

한국에서의 마지막 콘서트를 끝으로 월드 투어를 마친 건
우는 휴식에 들어갔다. 월드 투어에 모든 것을 쏟아부었기에
한동안 활동은 하지 않을 생각이었다. 휴식이 필요하기도 했
지만, 공연 때문에 하지 못한 수련에도 박차를 가해야 했기
때문이다.

　각종 섭외가 물밀듯이 들어왔지만 모두 거절했다. 고액의
CF나 영화 제안은 더 이상 건우의 눈길을 잡을 수 없었다.

　건우는 흘러넘치도록 많은 돈을 벌었다. 돈은 이제 거의 종
이로만 느껴질 정도였다. 지금까지 벌어들인 수입, 그리고 들

어올 돈을 생각해 보면 건우는 걸어다니는 기업이나 마찬가지였다. 돈 때문에 무언가를 할 필요가 전혀 없었다.

이제 중요한 것은 돈이 아니라 앞으로 해야 할 일들이 갖는 의미였다. 자신에게도 도움이 되고, 그리고 다른 이들도 행복할 수 있는 그런 일을 하고 싶었다.

'돈이 많으나 적으나 사는 건 똑같구나.'

돈 때문에 생활이 딱히 변하거나 하지는 않았다.

돈과는 상관이 없었지만 월드 투어 이후로 달라진 점이 있다면 진희와 더욱 깊은 사이가 되었다는 것이다. 둘이 서로 무언가 말한 것은 아니지만 자연스럽게 같이 있는 시간이 많아졌다.

무언가 시작하자고 말하지는 않았다. 정신을 차리고 보니 어느새 자연스럽게 그렇게 되어 있었다. 건우가 그녀를 받아들인 순간부터 자연스럽게 그렇게 될 수밖에 없었다.

다만 진희는 앞으로도 많은 시간을 여배우로서 활동해야만 했고, 건우 또한 세계에서 가장 인지도가 있다고 해도 무방한 스타였기에 서로서로 말을 아끼며 조심했다.

건우는 그저 천천히, 그리고 조심스럽지만 진심으로 그녀를 대하며 마음을 키워 나가고 싶었다. 언제나 이 마음이 변치 않을 거라고 맹세할 수 있었다.

"슬슬 준비해야 하지 않을까?"

건우는 들고 있는 책을 테이블에 올려놓으면서 그렇게 말했다. 건우가 보고 있는 책은 요리책이었다.

진희는 엄청난 집중력으로 만화책을 보고 있었다. 건우의 서재에는 전문 서적도 상당히 많았지만 반 이상이 만화책이었다. 건우도 꽤 좋아했고, 진희도 관심이 많아 보여 아예 통째로 만화책방 하나를 옮겨왔다.

처음에는 여러 초능력에 관련된 책을 사와서 건우를 떠본 진희였다. 그러다가 석준이 준 만화책을 발견하고는 푹 빠져버렸다.

'열심히 하라고 응원해 주고 싶기는 하지만……'

아직도 자신의 정체를 밝혀볼 생각인지 아예 대놓고 떠보기도 하고, 건우를 유심히 관찰하기 시작한 진희였다.

"앗, 벌써… 으으……. 여기에 오면 벗어날 수가 없어."

"사옥으로 가자."

"그냥 대충 차려입고 가도 되지 않을까?"

"나도 그러고 싶기는 한데……."

월드 투어 도중에 리온의 결혼식 날짜가 잡혔다. 건우의 월드 투어가 끝나고 나서 일주일 뒤였다. 리온과 미나의 결혼 소식은 연예계를 달아오르게 만들었다.

행복하고 축하해야 하는 일이었다. 건우는 그런 마음이면서도 미안했다. 쏟아지는 기사들 때문이었다.

<이건우가 이어준 커플>

<이건우, 결혼식에 참여하나?>

<특보! 이건우 축가 예정>

<이건우의 축가, 돈으로 환산한다면?>

그런 기사들이 리온의 결혼 소식 기사보다 많이 나오고 있었다. 리온이야 그런 기사들을 보며 좋다고 엄지를 치켜들겠지만, 건우는 미안한 마음을 감출 수가 없었다.

'축가를 불러주기로 약속했으니 참여하지 않을 수도 없는 노릇이고……'

여러모로 고민이 많은 건우였다.

리온의 결혼식을 축하해 주고 싶은 마음은 진심이었다. 건우가 진희에게 손을 뻗었다. 진희가 물끄러미 건우의 손을 바라보았다. 건우는 그녀가 무엇을 원하는지 바로 알 수 있었다.

"진희야."

"한 번만 더 불러줘."

"…진희야."

만족했다는 듯 진희가 수줍게 건우의 손을 잡고 일어났다.

사옥으로 가는 이유는 스타일링 때문만이 아니었다.

영국 여왕이 보내준 선물이 사옥에 도착했다고 한다. 영국 여왕은 개인 전화로 몇 번 정도 건우에게 전화를 했었다. 귀찮게 느껴지지는 않았는데, 어떤 집착 같은 것이 느껴져 건우의 몸을 부르르 떨리게 만들었다.

'기사 작위, 그냥 받을걸 그랬나?'

건우가 명예 훈장을 거절한 이후부터 더욱 그러했다. 뜬금없는 방한 일정을 잡고 있다고 하는데, 건우로서는 그냥 머리가 아플 뿐이었다.

조금 다른 이야기이기는 하지만, 그래도 검을 쥔 자로서 아무한테나 무릎을 꿇을 수는 없는 노릇이었다. 과거, 대륙의 황제에게조차 복종하지 않은 건우였다.

'지금 한국에 있는 게 다행이야.'

만약 건우가 영국이나 유럽에 있었다면 스케줄과 관련 없는 일이 휘말릴 가능성이 컸다. 저번에 독일에서 있었던 국제 회의에서 공동 의장을 맡게 된 것도 그러한 이유였다. 건우는 정치적인 이유로 자신의 얼굴이 팔려 나가는 것이 싫었다.

아무튼 이제 특별한 일이 아니면 영국에는 갈 일이 없을 것 같았다. 건우가 한국인이기 때문인지, 그냥 한국에 머물러 있는 것이 제일 편했다.

진희가 건우를 바라보았다.

"영국 여왕이 선물도 준다고 했지? 무슨 선물이야?"

"아마 자동차일 것 같은데……."

"영국 여왕이 주는 거면 좋은 거겠지?"

"그럴걸? 기대하고 있으라고 그랬거든. 음, 너무 눈에 띄지 않는 거면 좋겠는데……."

건우는 조금 불안해졌다. 어쨌든 여왕도 위치가 있으니 좋지 않은 것을 보낼 리는 없었다.

건우는 차고에서 차를 꺼내 사옥으로 향했다.

석준도 리온의 결혼식에 참여하니 같이 가기로 했다. 차고에 있는 건우의 차는 석준이 마련해 주었는데, 누구도 건우의 것이라고는 생각할 수 없을 정도로 평범했다. 좋은 차를 살 생각은 있었지만 막상 사려고 하니 귀찮기도 하고 그래서 미루고 있던 참이었다.

사옥에 도착하니 마침 석준이 밖에 나와 있었다. 건우가 석준에게 다가갔다.

"나와 계셨네요?"

"안녕하세요?"

건우와 진희가 인사를 하자 석준은 둘을 잠시 바라보다가 씨익 웃었다. 속으로는 흐뭇했지만 별말은 하지 않았다.

"딱 맞춰 왔네. 방금 영국에서 온 선물이 도착했거든. 옮기는 데 애먹었다."

"자동차죠?"

"맞아."

"음, 그럼 그거 타고 가면 되겠네요. 이 차는 돌려 드릴게요. 잘 썼습니다."

"근데… 일단 따라와 봐."

석준은 건우와 진희를 데리고 사옥 지하에 있는 주차장으로 데려갔다. 그곳은 특별한 주차장이었다. 석준과 건우를 포함한 몇몇만이 주차를 할 수 있는 곳이었는데, 석준이 소유한 고급 차량을 볼 수 있는 곳이었다.

YS의 규모가 건우 덕분에 엄청나게 커져, 외제 차를 사는 것 따위는 사치의 축에도 끼지 못했다. 건우가 있는 것만으로도 세계적인 기획사들과 어깨를 나란히 할 수 있었다. 물론, 아직까지 세계적인 기획사들에 비하면 규모가 작기는 하지만 말이다. 그래도 YS는 이제 한국에서 최고로 큰 기획사로 우뚝 선 지 오래였다.

'YS 같은 기획사는 없지.'

YS는 현재 부지를 확보하고 건물을 세우고 있었다. 건우의 아이디어가 일부 들어간 곳이었는데, YS의 미래를 책임질 연습생들을 전문적으로 키우기 위한 건물이었다.

기초 공부를 필수적으로 가르쳐 연습생 생활을 하느라 부족했던 공부를 채워주고, 연예인이 될 수 없어도 다양한 길을 찾게 해줄 생각이었다. 여러 가지 현실적인 문제가 있었지만, 차근차근 잘 해결해 나가는 중이었다.

그러한 사업에 관해서는 잘 몰랐지만 건우도 도울 수 있는 일은 도울 생각이었다.

아무튼 그들은 주차장에 도착했다. 차고 형식으로 되어 있어 문을 열어야 했다.

문이 열리자 영국 여왕이 선물해 준 차가 등장했다. 주차장에 있는 여러 외제 차가 눈에 들어오지 않을 만큼 굉장히 눈에 띄었다.

"음······."

"와아."

건우는 신음을 흘렸고 진희는 감탄했다.

차량은 영화에나 나올 법한 스포츠카였다. 일반적인 스포츠카는 절대 아니었다. 세상에 몇 대 없는 특별한 차량이었다. 건우는 차에 대해 잘 몰랐지만 딱 봐도 엄청나게 고가의 차라는 것은 알 수 있었다.

'너무 튀는데?'

무엇보다 미래지향적인 디자인이 너무나 눈에 띄었다. 마치 금방이라도 로봇으로 변신을 할 것 같았다. 이런 걸 타고 다니기에는 대단히 부담스러웠다.

석준이 건우의 표정을 보고 씨익 웃었다.

"흐흐, 여기까지 오면서 직접 몰아봤지. 죽이던데?"

"이거··· 한국에서는 구할 수 없는 거죠?"

"당연하지. 알아보니까 네가 타고 다닌다고 해서 특별히 다시 개조한 거라더라. 가격도 가격이지만 이런 건 돈 주고도 못 사지. 거기에……"

석준이 손가락으로 무언가를 가리켰다. 차량 엠블럼 밑에 또 다른 엠블럼이 하나 더 붙어 있었다.

"이건……"

"누가 이런 걸 달아주겠냐? 진짜 너만 탈 수 있는 차다."

실제 훈장은 아니었지만 명예 훈장의 모양을 본 따 엠블럼으로 만들어서 붙여놓았다. 건우는 한숨을 내쉬며 고개를 저었다.

'내가 그렇게 마음에 들었나?'

콘서트 이후로 여왕은 건우에게 완전히 빠져 버렸다.

건우는 몰랐지만 그녀는 건우의 콘서트 영상을 즐겨보고, 팬사이트에도 가입했다고 한다.

그녀의 아이디는 '퀸스건우'였다. 여왕이 건우에게 푹 빠져 본격적으로 덕질을 하기 시작했다는, 왕실 관련자들의 비밀스러운 제보가 있었다. 콘서트에서 건우의 음악을 온몸으로 느꼈으니 여왕은 이제 더 이상 다른 가수의 노래를 듣고 좋다고 생각할 수 없었다.

건우의 공연이 낳은 부작용이었다.

여왕은 건우의 노래를 듣는 것으로 하루를 시작한다고 한다. 최근에는 건우가 출연한 드라마까지 손을 대고 있었다.

명예 훈장을 거절한 걸 이렇게 돌려줄 지 예상하지 못한 건우였다. 기분이 묘해졌다. 꽤 인연이 길어질 것 같은 느낌이 들었다.

건우는 그냥 마음 편하게 든든한 배경과 같은 팬이 생겼다고 생각하기로 했다.

'문이 위로 열리네.'

건우는 차량 내부를 살펴보았다. 차량 내부도 절대 평범하지 않았다. 차량 시트에도 엠블럼이 양각되어 있었다. 그리고 차량 안에는 감사의 글귀를 담은 상패가 놓여 있었다. 여왕이 얼마나 신경을 썼는지 알 수 있는 대목이었다.

"아무튼 이거 타고 가라."

"너무 눈에 띄는데요?"

"그러라고 타는 거야. 이런 모습도 보여줘야지. 선물받았는데 공개를 해야 하지 않겠어?"

그게 예의이기는 했다.

건우는 고개를 끄덕였다. 팬들 사이에서는 제발 돈 좀 쓰라는 글들이 올라올 정도로 현재의 건우는 사치와 거리가 멀었다. 아무튼, 썩히기는 아까우니 타고 다녀야 했다. 본래 타던 차의 키는 석준이 재빨리 가지고 갔다.

건우는 사옥으로 올라가 오랜만에 스타일링을 받았다. 리온이 주인공이니 식장에서 눈에 띄는 스타일은 자제해야 했다.

"눈에 안 띄게 코디해 줄 수 있나요?"

"눈에 안 띄게요?"

"네, 주변에 묻힐 수 있을 정도로만……."

건우의 말에 스타일리스트는 식은땀을 흘렸다. 건우를 돋보이게 만드는 것은 굉장히 쉬운 일이었다. 그러나 건우의 존재감을 지우는 일은 어려웠다. 그것은 패션의 영역을 벗어난 일이었다. 스타일리스트는 여러 직원들과 함께 잠깐 회의에 들어갔다.

준비를 끝낸 석준과 진희가 건우가 있는 곳으로 다가왔다. 심각해 보이는 스타일리스트들이 보이자 석준이 고개를 갸웃했다.

"뭐 해?"

"아, 대표님 그게……."

스타일리스트가 석준에게 건우의 요구를 말해주었다. 그걸 듣던 석준이 한숨을 내쉬며 건우를 바라보았다.

"야, 그건 어떻게 할 수 없는 거야."

"그래. 석준 오빠 말이 맞아. 이거 봐봐."

진희가 그렇게 말하면서 건우와 석준에게 무언가를 보여주었다. 사람들이 건우의 사진을 합성한 것이었는데, 건우가 쓰레기봉투를 입고 있는 것, 그리고 머리를 괴상하게 민 것 등 등 시리즈가 많았다. 그러나 모두 건우의 미모를 가릴 수는 없었다. 무슨 옷을 걸치든, 스타일이 어떠하든, 사기 그 자체였다.

결국 건우는 조금 칙칙한 느낌의 정장으로 가볍게 스타일링했다.

"그거 유행할 것 같아."

"잘 어울리는데?"

석준과 진희의 말대로 남들이 입으면 촌스럽게 보일 옷도 세련되어 보였다.

나름의 준비를 마치고 그들은 차에 올랐다. 진희는 석준과 다른 연예인들과 함께 간다고 해서 건우 혼자 먼저 출발했다. 아무래도 여러모로 말이 나올 수 있어서였다.

'가볼까.'

축가 준비랄 것까지는 없어 시간에만 맞춰 가면 되었다.

이번 결혼식은 리온의 이름값답게 크고 성대하게 열린다고 한다. 리온은 보여주는 것을 좋아하니 그럴 만도 하다고 생각했다.

건우에게 묻혔지만 리온도 꽤 대단한 한류스타였다. 아시아권에서는 확실히 유명했다.

"금라 호텔이라고 그랬지?"

국내에서 제일 좋은 호텔이었다. 건우는 천천히 사옥을 빠져나왔다. 확실히 아주 비싼 차라서 그런지 운전할 맛이 났다. 이래서 좋은 차를 타는구나 싶었다.

'기사가 뜨겠군.'

사옥 입구를 나오자마자 사진이 찍혔다.

YS 소속 가수들을 보기 위해 주변 카페에 대기하고 있던 많은 사람들의 시선이 모두 건우가 타고 있는 차로 집중되었다. 어차피 시선이 몰릴 거 그냥 이런 식으로 몰리는 것도 나쁘지 않다고 생각했다. 어쨌든 자신은 한국에서, 그리고 세계에서 제일 유명하니 말이다.

건우는 금라 호텔로 향했다. 차가 그럭저럭 막혔는데, 신기하게도 건우의 주위에는 차들이 멀찍이 떨어져 있었다. 실수로 사고라도 낸다면 집을 팔아야 할 것을 느낀 모양이었다.

기분이 좋은 와중에도 예전의 자신을 떠올려 보면 조금 씁쓸했다.

차가 밀려 조금 늦게 도착했다. 예식 전 행사는 어차피 참여하지 않아도 되니 큰 상관은 없었다.

'엄청난데?'

찰칵찰칵!

멀리서도 사진을 찍는 소리가 들려왔다. 결혼식이 아니라 무슨 시상식 같았다.

'뭐, 대단한 스타이기는 하지.'

건우 정도는 아니지만 그래도 연예인들의 연예인이라는 소리까지 듣는 리온이었다.

리온의 유명세에 건우가 뿌듯한 마음이 들기도 했다. 많은 이들의 축하를 받는 결혼식을 할 수 있게 되어 다행이었다.

건우는 미나를 구해준 것이 정말 다행이라고 생각했다. 그 사건 덕분에 결국 연예계도 그럭저럭 깨끗해졌고, 리온과 잘 이어졌으니 그야말로 전화위복이었다.

건우는 차량을 조심스럽게 ·주차한 후에 한동안 차에서 나오지 않았다. 사람들의 관심이 줄어들기까지 기다렸다. 한동안 그렇게 있다가 조심스럽게 빠져나와 금라 호텔에서 예식장으로 대여해 주는 화이트로즈홀로 향했다. 사람들이 많아 건우는 선글라스를 쓰고 최대한 기척을 지웠다.

'한 명 있군.'

건우를 따라오는 기자가 한 명 있었지만 대단히 조용하게 움직였다.

건우는 최대한 조용한 길을 택하며 빠르게 걸었다. 먼 길을 돌아가야 했지만 최선의 선택이라고 생각했다.

조금 걷자 건물의 모습이 보였다.

'괜찮네.'

건우는 한옥 같은 건물의 모습이 마음에 들었다. 화이트로즈홀 앞에는 취재진과 몰려온 팬들로 장사진을 이루고 있었다.

그들의 시선이 향한 곳에는 하얀색으로 세팅되어 있는 작은 무대가 있었다. 그 무대 주변에 삼백여 명이 넘는 기자들이 몰려 있었고 천여 명의 팬들로 북적였다.

'생각했던 것보다 규모가 크군.'

그냥 보통 결혼식보다 조금 더 규모가 있겠거니 했는데, 그런 생각을 가볍게 넘어서는 광경이었다. 마침 리온과 미나가 하얀 무대 위에서 취재진들을 향해 인사를 하고 있었다. 완전히 공개되는 결혼식이 아니라 취재를 할 수 있는 것은 여기까지였다.

카메라 플래시가 번쩍였고 팬들도 함성을 지르면서 축하해 주고 있었다. 리온과 미나는 환하게 웃으며 손을 흔들었다.

도착한 연예인들도 하나둘씩 화이트로즈홀 안으로 들어가서 취재진의 이목을 끌었다.

'조금 늦게 들어가야겠네.'

적어도 리온과 미나가 인사를 마친 뒤 들어가고 나서 건우가 움직이는 편이 좋을 것 같았다.

건우는 자신이 가진 영향력을 잘 알고 있었다. 그게 일반적인 스타들이 가지는 영향력이라면 괜찮겠지만, 자신은 그 범위를 아득히 초월하고 있었다. 그렇게 멀리서 리온과 미나를 바라보다가 조용히 등을 돌리며 다시 차량 쪽으로 걸음을 옮기려 할 때였다.

"건우야!"

석준이 용케도 구석에서 등을 돌리는 건우를 발견하고는 손을 흔들면서 건우를 불렀다. 그렇게 큰 목소리는 아니었지만 그 파장은 만만치가 않았다.

"건우?"

"이건우?!"

"어디?"

"저기다!"

처음에는 석준 근처에 있는 기자들이 반응했다. 점차 목소리가 커지더니 리온과 미나 쪽에 몰려있는 취재진들의 귀가 쫑긋했다. 삼백여 명이 넘는 취재진이 일제히 몸을 돌려 건우 쪽을 바라보았다.

"이건우가 왔어!"

"카메라 돌려!"

"이건우 씨!"

"여기를 봐주세요!"

"오늘 축가를 부르신다는데 사실입니까?"

모두의 시선이 무대에서 손을 흔들고 있던 리온과 미나 쪽에서 순식간에 건우에게 몰렸다.

"이건우?!"

"꺄아악!"

"오길 잘했어!"

팬들도 순식간에 건우 쪽으로 몰려들었다. 사람들이 얽히며 난장판이 되었다. 큰 사고는 없었지만 밀려 넘어지는 사람들도 보였다.

건우는 그 모습에 당황할 수밖에 없었다.

리온과 미나가 철저히 외면되는 순간이었다. 잠시 멍하니 그 광경을 바라보던 리온과 미나는 그냥 웃어넘겼다.

석준이 무척이나 미안한 표정으로 리온 쪽을 바라보았다. 건우도 마찬가지였는데, 지금은 일단 자리를 피하는 것이 먼저였다.

"잠깐만요! 이건우 씨!"

"저기……!"

건우가 살짝 돌아보며 살기 어린 기세를 내뿜었다. 그러자 주변을 신경 쓰지 않고 다가오려던 기자들이 몸을 움찔했다. 건우는 플래시 세례를 받으면서 빠르게 안으로 들어갔다. 화이트로즈홀 안에는 취재진은 없었지만 하객들은 많았다. 건우가 등장하자 시선이 모두 건우에게 쏠렸다.

건우는 작게 한숨을 내쉬었다.

"아, 저……."

하객들이 다가왔다.

"사인 좀 해주실 수 있나요?"

건우는 팬서비스가 좋기로 유명했다. 사인을 요청하면 거절하는 법이 없었다. 그러나 오늘은 예외였다.

"죄송합니다. 오늘은 해드릴 수 없을 것 같습니다."

"아……."

건우는 처음으로 사인 요청을 거절했다. 하나둘씩 해주기 시작하면 사람들이 몰리게 마련이고 리온에게 폐가 될 것이 분명했다. 게다가 이곳은 리온과 미나를 축하해 주는 결혼식이지 건우의 팬을 위한 곳이 아니었다.

건우가 미안함을 담아 말하자, 하객들도 이해한다는 듯 고개를 끄덕였다.

'민폐도 이런 민폐가 없네.'

얼마 전까지만 해도 리온에게 민폐를 끼칠 일이 있을 거라고는 상상도 하지 못했었다.

건우는 그런 생각을 하면서 한숨을 내쉬었다. 인기인이라는 건 장점이 상당히 많았지만, 가끔씩 이런 단점이 너무나 크게 와닿았다.

어딜 가나 시선이 따라다녔고 자연스럽게 모든 장소의 주인공이 되었다. 심지어 예전 영국 왕실 디너파티에서도 비슷한 일을 겪지 않았던가.

'화경에 오르면 좀 더 조절이 가능할 텐데.'

존재감과 기세, 기운을 완전히 지우는 것이 가능했다. 어쨌든, 더 좋은 연기와 노래를 위해서라도 도전해야 하는 경지였다.

'빨리 준비해서 도전해야겠군.'

건우는 통 크게 축의금을 내고 다시 한숨을 내쉬었다. 몰리는 시선은 결코 줄어들지 않았다.

*   *   *

건우가 리온의 결혼식에 등장한 소식은 바로 기사로 나갔다. 엄청나게 빠른 속도였다. 사실, 건우가 축가를 불러주러 온다고 알려지자, 리온의 결혼식을 취재하려는 기자만큼이나 많은 기자들이 건우를 찍기 위해 몰려온 것이다. 해외 기자도 왔고, 팬들도 일부러 찾아왔다. 미국이나 유럽 등 먼 곳에서 온 팬들도 있었다.

본래 예정되었던 규모보다 훨씬 커져 리온과 관계자들은 크게 당황했다고 한다.

가장 먼저 보도를 한 것은 역시 디스저널이었다. 본래 악독한 이미지가 강한 디스저널이었지만, 이건우에 관한 일이라면 호의적인 기사를 내기로 유명했다.

이건우의 팬이 기자로 침투했다는 의혹 아닌 의혹을 받고 있었다.

<제목: 월드스타 이건우, 그의 불편한 표정>

금일 진행되는 리온과 미나 결혼식은 모든 이들의 관심이 집중되어 있다. 한류스타의 계보를 잇는 리온과 작년 한 해 엄청난 인기를 누린 아이돌의 결합인 만큼 해외 매체에서도 많은 관심을 보이고 있다.

비공개로 진행되었지만 금라 호텔 앞은 몰려온 취재진과 팬들로 북적였다.

월드 투어를 마치고 휴식을 취하던 이건우가 결혼식의 축가를 부른다는 사실이 알려지면서 더욱 화제를 모았다. 마침내 모습을 드러낸 이건우의 모습은 그야말로 화보를 찢고 나온 듯한 모습이었다.

[사진 첨부: 이건우의 차량.jpg]

오랜 잠복 끝에 이건우의 모습을 처음부터 포착할 수 있었다. 등장부터 심상치 않았다. 이건우가 타고 온 차량은 시중에서는 구매할 수 없는 모델이다.

영국 여왕 역대 최대 재임일을 기념하여 특별 주문 제작을 의뢰해 한정 생산한 모델로, 명품 차량 제조사인 P사와 화성 계획을 꿈꾸고 있는 M사가 협업하여 만든 미래지향형 럭셔리

스포츠카이다. 평범한 루트로는 구할 수 없어 자동차 매니아들에게는 드림카라 불린다.

[사진 첨부: 차량에서 나오는 이건우.jpg]

그의 약간은 어두운 정장과 스포츠카의 실버색이 너무나 잘 매치가 된다. 정문으로 가지 않고 사람이 드문 길로 일부러 길게 우회하는 모습이 포착되었다.

[사진 첨부: 이건우에게 몰리는 시선.jpg]

리온, 미나의 결혼식에는 삼백여 명의 취재진과 천여 명의 팬들이 찾아와 장사진을 이루었다.

그들이 이건우를 발견한 순간 순식간에 아수라장이 되었다.

[사진 첨부: 이건우의 불편한 표정.jpg]

자리를 빨리 뜨는 그의 표정은 밝지 않았다. 지인의 결혼식을 앞두고 자신에게 몰리는 관심이 불편한 듯 보였다. 관계자들에 따르면 식장 안에 마련된 대기실에서 나오지 않고 있다고 한다.

…(중략)…

반드시 반성하고 고쳐야 하는 일이다. 취재도 좋지만 최소한 지킬 것은 지켜야 하지 않을까?

디스저널 홍희연 기자(redbean232@disno.com).

댓글 4,231

risa****: 저 차 뭐임? 변신할 것처럼 생김ㅋㅋ.

one****: 이건우가 입은 옷 브랜드 이름 뭐임? 개간지네.

ㅡRe: nin****: 니가 입으면 쓰레기임 ㅉㅉ.

for****: 근데 진짜 기자들 민폐네. 리온 결혼식인데 왜 저
럼?

ㅡRe: as3****: ㅇㅈ. 근데 이건우 나타나면 나라도 걸로
갈듯. 결혼식 취재하러 간 거 아닌 것 같은데.

ㅡRe: ten****: 이건 이건우가 자중해야 하는 거 아니냐?

ㅡRe: yun****: 아니, 저렇게 생긴 걸 어떻게 자중함? 그
리고 인적 드문 길로 갔다더만.

ㅡRe: han****: 자체 발광이라 어쩔 수 없음.

msu****: 미모 압살 클라스… 와, 마지막 사진 카리스마 대
박이다. 나 개쫄았음.

ㅡRe: ian****: 화난 모습도 멋짐ㅋㅋ. 설레 뒤지는 줄.

nix****: 디스저널이 저런 말 하니까 개웃기네ㅋㅋ. 내로남
불 오지구요.

기사에 났던 것과 마찬가지로 건우는 식이 시작되기 전까
지 호텔 측에서 마련해 준 대기실에서 있었다. 대기실은 좁았
지만 불편하지 않았다. 사실 밖이 더 불편했다.

건우를 보기 위해 식장에 무단으로 침입하는 기자나 다른

사람들도 존재했다. 자신이 해결할 수 없는 문제라 마음이 답답해졌다.

'과거에는 리온 선배가 민폐를 끼쳤지.'

지금은 본의가 아니기는 하지만 자신이 끼치고 있었다. 건우는 만약 자신이 결혼을 한다면 그냥 가족들끼리만 모이는 소규모로 할 생각이었다. 그 생각이 지켜질지는 의문이지만 말이다.

똑똑!

대기실에 누군가 찾아왔다. 건우가 문을 열자 한복을 곱게 입은 중년의 여인과 남성이 들어왔다.

"안녕하세요? 이건우 씨."

"아, 네. 반갑습니다. 죄송하지만……."

"금복이 엄마예요."

"네?"

"아, 리온이란 이름이 더 익숙하시겠네요. 호호."

리온의 부모님이었다. 건우는 그 말을 듣고 웃으며 다시 인사했다.

"안녕하세요, 어머님, 아버님. 아, 안으로 들어오시지요."

건우는 조금 당황했지만 당황한 티를 내지 않았다. 건우가 나중에 따로 인사를 드릴 생각이었는데, 설마 리온의 부모님이 직접 찾아올 줄은 예상하지 못했다.

리온의 부모님은 건우에게 호감이 가득했다. 리온의 어머니가 건우의 손을 꼭 잡았다.

"우리 아들 정신 차리게 해줘서 고마워요."

"아, 아닙니다. 제가 한 건 아무것도 없습니다."

"우리 금복이가… 어휴, 어지간히 말썽을 피웠어야 말이죠. 제 아빠 믿고 나대다가 욕만 엄청 먹고… 그때만 생각하면… 아이고 속이야."

리온의 본명은 김금복이었다. 리온의 곱상한 외모와는 전혀 어울리지 않았다.

"아, 거, 아새끼가 싸가지가 없는 게 왜 내 탓이오?"

"당신이 만날 감싸고 그래서 그렇잖아욧!"

"크흠, 아, 뭐, 그렇긴 하지만… 하나뿐인 아들이니……."

리온의 어머니는 언성을 높이다가 건우를 의식하고는 다시 다소곳한 태도로 돌아왔다.

"호호호, 아무튼 건우 씨를 만난 뒤부터 애가 그냥 완전히 달라졌지 뭐예요? 우리 예쁜 며늘아기까지 데려오고."

"참하기는 하지. 하하."

리온의 부모님이 그렇게 말하며 웃었다. 건우도 그 모습을 보고 기분이 좋아 웃을 수밖에 없었다.

"고마워요. 늘 이 말을 전해주고 싶었어요."

"우리 부족한 아들의 친구가 되어줘서 고맙네."

리온은 그 자신이 변한 것이 건우 덕분이라고 말하고 다녔다. 많이 반성하고 진지한 자세로 삶을 살아가겠다고 말했다. 그러니 리온의 부모님 입장에서는 건우가 참 고마웠다.

그전까지의 리온은 겉멋만 든 골칫거리였다. 지금은 가족을 잘 챙기는 듬직한 아들이지만 말이다.

건우가 미소를 짓다가 이내 표정을 굳혔다. 영국에서의 일이 떠올랐기 때문이다.

"아, 그리고… 죄송합니다. 영국에서……."

"사과하지 말게. 거기서 죽거나 다쳤어도 자네를 탓하지 않았을 것이네. 사람을 구하려고 노력한 것이 중요하지. 참 기특해."

건우는 그 일에 대해서 더 이상 말하지 않았다.

좋은 분위기 속에서 건우는 리온의 부모님과 꽤 오랫동안 이야기를 했다. 리온의 부모님은 언제 한번 집으로 초대하고 싶다는 말을 남기고는 대기실을 떠났다.

식이 진행되자 건우는 대기실에서 나와 석준과 진희가 있는 곳으로 합류했다. 석준이 건우를 보며 어깨에 손을 올렸다.

"고생이 많구나."

"이제는 익숙해져서 괜찮아요."

"밖은 내가 대충 정리했다."

"고마워요."

YS 대표인 석준이 나서서 수습하니 그럭저럭 깔끔하게 해결된 모양이었다.

'이제는 좀 괜찮군.'

리온과 미나의 가족, 그리고 친인척들만 모였다 보니 그래도 전보다는 시선이 덜했다. 연예인들도 상당히 많아 다행히 그럭저럭 건우를 향한 시선이 분산되었다.

진희가 감탄하면서 식장을 바라보았다.

"예쁘네. 근데 나는 소규모로 하는 게 더 좋은 것 같아."

"흐흐, 과연 그렇게 될까?"

"무슨 말이에요?"

"아니다. 힘내라. 용기 있는 자만이 미인을 얻는 법이야."

"제가 미인이 아닐까요?"

"음… 아니야. 절대."

"와, 너무해."

진희와 석준이 티격태격했다.

이윽고 식이 시작되었다. 시작되기 전에 스크린에서 영상이 나왔다. 리온과 미나가 서로 만나며 기록한 영상과 사진들이었다.

'행복해 보이네.'

건우는 웃으면서 스크린을 바라보았다.

마음이 따듯해졌다. 마음고생은 충분히 했으니, 이제는 행복하게 살아주기를 바랄 뿐이었다. 사회는 유진식이 보았다. 그는 국민 MC라는 별명답게 능수능란하게 분위기를 주도해 가며 사회를 보았다.

석준은 울먹이는 미나를 보며 눈시울을 붉혔다.

"크흑, 행복해야 한다."

"아니… 오빠가 미나 아빠도 아니고……."

"너무 잘 컸어. 흐흑. 처음 만났을 때는 요만 했지, 연습생 생활이 힘들다고 찡얼거리던 때가 엊그제 같은데……."

여러 감정이 교차한 듯한 석준이었다.

건우는 축가 준비를 위해 자리에서 일어났다. 유진식이 웃으면서 말하기 시작했다.

"다음은 축가가 있겠습니다. 특별한 분이 이 행복한 결혼을 축하해 주기 위해 오셨습니다. 하하, 우리 리온 씨, 아니, 김금복 씨가 더 좋아하시는 것 같네요."

건우가 등장하자 리온과 미나가 먼저 환하게 웃으며 박수를 쳤다. 리온과 시선이 마주치자 그는 엄지를 치켜들어 보였다. 건우는 인사를 한 뒤에 기타를 잡고 의자에 앉았다. 오늘의 주인공이 아니었기에 특별히 기세를 내뿜고 있지는 않았지만, 건우는 그냥 존재하는 것만으로도 너무 눈에 띄었다.

건우는 살짝 웃으면서 기타 연주를 시작했다. 건우가 부를 노래는 축가로 사랑받는 노래, 터틀박스의 '우리 행복하자'였다.

'행복한 마음이라… 나도 내 마음을 몰랐었지.'

잠시 건우는 빌려온 것이 아닌 자신의 마음에서 행복했던 기억을 떠올려 보았다. 생각해 보면 재미있고 즐거운 추억이 많았다.

건우는 너무 몰입은 하지 않고 적당히 내력을 일으키며 노래를 불렀다. 밝고 경쾌한 느낌이 드는 곡이다 보니 어르신들이 상당히 좋아했다. 박수를 치며 리듬을 타는 이들도 많았다.

건우는 리온과 미나가 행복하기를 바라며 노래를 불렀다. 유진식도 몸을 흔들면서 리듬을 탔고, 리온과 미나도 손을 꼭 잡은 채 슬쩍슬쩍 몸을 흔들었다.

건우도 미소를 지으면서 즐겁게 불렀다. 콘서트를 할 때보다 더 기분이 좋았다. 콘서트는 최고의 무대를 보여주어야겠다는 그런 마음가짐이었다면, 지금은 힘을 빼고 즐겁게 부르는, 다 같이 즐겁게 축하해 주는 무대였다.

건우가 노래를 마치자 박수가 쏟아져 나왔다. 건우는 리온 쪽을 바라보았다. 살짝 긴장한 듯한 리온이 마이크를 들었다.

그는 미나를 그윽한 눈으로 바라보다가 건우의 기타에 맞춰 노래를 불렀다.

"오, 멋진데!"

"금복이 잘한다~!"

"오오오!"

분위기가 달아올랐다. 건우는 본래 곡의 스타일보다 좀 더 흥겨운 리듬으로 연주했다. 리온과 최대한 맞춰주며 그쪽으로 포커스가 갈 수 있도록 유도했다. 화려한 연주는 피하고 리온이 돋보일 수 있도록 한 것이다.

건우는 기운을 퍼뜨리며 리온의 감정에 동조했다. 리온이 좀 더 편안하고 안정감 있게 노래를 부를 수 있도록 도왔다.

리온은 노래를 부르면서도 의아함을 감출 수 없었다.

'응? 오늘 왠지 잘되는데?'

노래가 엄청 잘되었다. 리온과는 맞지 않는 노래임에도 불구하고 원곡을 뛰어넘을 정도로 잘 불렀다.

리온은 깊게 생각하지 않고 그냥 건우가 무언가 했겠거니 하면서 즐겁게 노래를 부를 뿐이었다.

건우는 축가를 마치고 리온과 미나가 그 자리에서 입맞춤을 하는 것까지 보았다. 건우는 조용히 식이 끝날 때까지 자리를 지켰다. 건우의 입가에서는 미소가 떠나가지 않았다.

"진희야. 결혼식에 집중해라. 건우 얼굴 뚫리겠다."

"네? 아……."

석준이 피식 웃으며 말하자 진희는 어색하게 웃으며 고개를 끄덕였다.

*　　　　　*　　　　　*

결혼식 피로연이 있었지만 건우는 참여하지 않고 돌아갈 생각이었다. 아무래도 여러모로 그게 나을 것 같았다. 건우가 막 화이트로즈홀을 빠져나갈 때였다.

"후배님!"

리온이 헐레벌떡 뛰어왔다. 한창 바쁜 와중에 건우가 나가는 것을 보고 달려온 것이다. 건우는 그 모습에 또 미안해졌다. 신부인 미나도 다가왔다. 이런 중요하고 정신없는 날 자신을 잊지 않고 챙기려 하는 리온이 고마웠다.

건우는 진심으로 웃으면서 입을 떼었다.

"결혼 축하드려요."

"하하, 감사합니다. 이건……."

리온이 봉투를 챙겨주었다. 건우의 축가 때문이었다.

건우는 받지 않을 생각이었는데, 리온은 완강했다. 할 수 없이 봉투를 챙긴 건우였다.

"돌아가시게요?"

"네, 아! 신혼여행은 어디로 가시나요?"

"괌으로 갑니다."

리온은 벌써부터 신혼여행 생각에 행복해 보였다. 건우는 피식 웃다가 리온을 바라보았다.

'음?'

리온의 몸에서 흐르는 기운이 불안해 보였다. 비정상은 아니었지만 기력이 많이 약해져 있었다. 양기가 많이 부족했다. 건강에 큰 문제가 있는 건 아니지만 그것 이상으로 큰 문제가 있었다.

"선배님, 요즘 많이 힘들지 않나요?"

"네? 뭐가요?"

"리온 선배님이 가장 고민하고 있는 그것 말입니다."

"그, 그게 무엇일까요? 저, 저는 잘……."

건우가 리온을 바라보며 살짝 웃었다.

"고개 숙인……."

"으아아아아아!"

리온이 다급히 건우를 붙잡았다. 미나가 무슨 일인가 싶어 고개를 갸웃했다.

"후배님! 그, 그런 것까지 알 수 있나요? 독심술? 아, 아니 그보다 이제 숨기지 않는 건가요?"

"뭐를요?"

"아, 아닙니다. 아니에요."

리온의 얼굴은 볼만했다. 표정이 순식간에 수심으로 가득해졌다. 그의 자신감은 아주 많이 떨어져 있었다.

건우는 이해한다는 듯 환한 미소를 지었다. 그 미소는 너무나 환해서 리온의 눈에는 마치 부처처럼 보였다. 그 미소를 보는 것만으로도 모든 근심이 다 없어지는 기분이었다.

'아… 후배님……'

리온은 건우가 자신을 구원해 줄 것이라 믿었다. 리온이 건우의 눈치를 보며 입을 떼었다.

"어, 음, 요즘… 피, 피곤하기는 한데… 하하핫! 피, 피로가 많이……."

"잠깐 시간 되나요?"

"네? 아, 네! 되, 됩니다!"

건우는 리온을 한쪽으로 이끌어 의자에 앉혔다.

미나가 고개를 갸웃하면서 건우와 리온을 번갈아 바라보았다. 리온에게는 능력을 숨길 필요가 없었지만 미나의 시선도 있고 하니 건우는 리온의 어깨를 주무르는 척했다.

'강력하게 해볼까? 지금이라면 가능하겠지.'

이런저런 문제로 리온에게 많이 미안했으니 좋은 선물을 주는 것이 좋을 것 같았다.

규칙적이지 못한 생활로 리온의 몸 안 기운의 흐름이 좋지 못했다. 그래도 리온은 '달빛 호수' 촬영 당시 건우의 기운에 강력하게 노출되었던 적이 있어 받아들일 수 있는 기운의 양은 일반인보다 많았다.

'이 정도면 아주 강력해질 수 있겠군.'

건우는 리온의 몸에 뭉쳐 있는 안 좋은 기운들부터 우선 제거하고 부족한 양기를 보충하기 시작했다. 그리고 기운을 한가득 불어넣었다. 건우의 기운은 일 갑자를 넘었기에 큰 부담이 없었다.

건우의 내공 컨트롤은 이미 예전의 경지를 되찾았다고 해도 무방했다.

'그럼……'

막대한 기운이 건우의 의지를 따라 리온을 위한 정기로 바뀌는 순간이었다.

"억!"

불끈!

리온이 헛바람을 내뱉으면서 몸을 들썩였다. 얼굴이 뜨겁게 달아올랐고 식은땀을 흘렸다. 무언가 불끈거리는 것을 주체하지 못하겠는지 몸을 들썩였다.

"이, 이, 이건? 으오오오!"

효과는 무척이나 강력했다.

리온이 솟아오르는 새로운(?) 힘에 함성을 질렀다. 마치 힘세고 오래가는 건전지가 된 느낌이었다.

지금이라면 능히 무엇이든 해낼 수 있을 것 같은 그런 느낌! 자신감이 치솟아 올랐다. 간만에 자신만만했던 과거의 자신으로 돌아간 것 같은 기분이 들었다.

그는 고개를 들어 건우를 바라보았다.

"후배님! 힘이 치솟아 오릅니다!"

"몸 관리 잘하시면 오래 유지될 겁니다."

"크흑… 후배님."

건우가 엄지를 치켜들자, 리온도 울먹이며 엄지를 마주 치켜들었다.

건우는 그에게 있어 구세주였다.

리온은 눈시울을 붉혔다. 건우가 고개를 끄덕이며 리온의 어깨를 토닥여 주었다.

미나만이 이 상황을 이해하지 못하고 있었다. 미나가 궁금한지 리온을 바라보며 물었다.

"저기… 마사지에요?"

"웅, 엄청난 마사지야. 엄청 강력한… 그리고 확실한!"

"그, 그래요?"

미나는 고개를 갸웃했다. 어깨를 주무르는 솜씨에서 전문가의 모습이 묻어나기는 했지만 대단히 짧은 시간이었다. 리온이 자신감 넘치는 눈빛을 보이자 미나는 그저 부드럽게 웃어 보였다.

"웅? 너희 여기서 뭐 하냐?"

"뭐 해? 구석에서……."

석준과 진희가 다가왔다. 미나가 밝게 웃으면서 둘에게 인사했다.

"대표님, 선배님! 건우 선배님의 마사지를 받고 있었어요."

"오, 그래?"

리온은 의자에서 일어나며 석준을 바라보았다. 자신만만한 눈빛을 본 석준이 움찔했다.

"형님, 저는 오늘 다시 태어났습니다. 새롭게 재충전된 리온입니다. 하하하, 후후훗! 아임 스트로오옹맨!"

"그, 그래? 건우야, 나도 좀 해줘봐. 얼마나 좋으면 리온이 저러냐?"

건우는 잠시 석준을 바라보았다. 그러다가 건우는 고개를 저었다. 석준의 기운은 아주 넘쳐나고 있었다. 건우가 감탄할 정도였다. 결코 일반인의 수준이 아니었다.

"워낙 건강하셔서 필요 없을 것 같네요."

"그래? 흐흐, 내가 좀 건강하기는 하지."

건우는 피식 웃었다.

진희가 웃으면서 미나와 이야기를 하고 있었고 석준이 리온과 어깨동무를 하며 리온을 압박했다.

"아! 우리끼리 사진 한 번 더 찍을까요?"

리온의 제안에 모두 흔쾌히 동의했다.

건우는 정말 기쁘고 즐거운 날이라고 생각했다.

리온과 미나 부부가 신혼여행을 떠나고 며칠 뒤에 리온에게 톡이 왔다.

리온 선배: 후배님, 정말 감사합니다.

건우: ㅎㅎ.

리온 선배: 이 은혜 평생 잊지 않겠습니다. 은인으로 모시겠습니다.

건우: 굿.

긴 말은 없었지만 톡에서 리온의 진심이 절실하게 느껴졌다. 이제 건우의 정체가 뭐든 아무래도 좋다는 분위기였다.

건우는 흐뭇하게 고개를 끄덕이며 가볍게 답장을 해줄 뿐이었다.

2. 입신의 경지

리온의 결혼식이 있은 후, 건우는 다시 스케줄을 잡지 않고 휴식에 들어갔다. 지금 당장 일하고 싶은 마음은 없었다. 가만히 있어도 기존에 세웠던 기록이 갈아치워질 것이 분명했고, 이미 미튜브 조회 수는 1위였다.

　예능에는 출연할 이유가 없었다. YS에서도 건우에게는 전혀 간섭하지 않아 건우는 자유로웠다.

　'이번 아카데미 시상식 전까지는……'

　아카데미 시상식 전까지는 공식적인 휴식이었다.

　역대 최고의 기록을 갱신한 '골든 시크릿'의 주연인 건우는 당연히 아카데미 시상식의 남우주연상 후보로 거론되고 있었다. '골든 시크릿'은 거의 모든 부문에 오를 것으로 예측되었다.

이번에 만약 남우주연상을 타게 되면 세계 최초로 그래미상과 아카데미 남우주연상을 동시에 받은 사람이 되는 것이다.

오스카상은 그 값어치가 정말 대단한 상이었다. 전문가들이 오스카상이 지니는 경제적 효과를 분석하기도 했는데, 오스카상의 후보로만 지명되어도 2,000만 달러의 추가 수입을 얻을 수 있다고 한다. 주연상 트로피 가격은 500만 달러의 경제적 가치가 있다는 주장도 있을 정도였다.

물론 남우주연상은 돈으로는 결코 환산할 수 없는, 연기자라면 누구든 타고 싶어 하는 명예로운 상이기도 했다.

아무튼, 그러한 이유로 조만간 미국에 다시 가야 했다. 건우에게도 어쩌면 다시 오지 않을 시상식일지도 몰랐다.

LA의 개봉관에서 일주일 이상 상영된 영화를 대상으로 삼으니 미국에서 영화를 찍지 않으면 후보로 올라가기 힘들었다. 그래서 사실상 미국 영화인들의 집안 잔치라는 말이 있기도 했다.

현재 건우의 수상은 거의 확실시되고 있었다. '골든 시크릿'에 견줄 수 있는 영화는 존재하지 않았다. 건우가 출연하지 않는다면 앞으로도 나타나기 힘들 것이다.

'아무튼……'

건우는 깊은 숨을 내쉬었다. 지금 건우가 있는 곳은 서울
이 아니었다. 건우는 월드 투어를 마치자마자 제법 커다란 부
지가 딸린 별장을 구입했는데, 서울과 꽤 떨어진 곳에 위치해
있었다.

별장의 시설도 마음에 들었고 무엇보다 숲이 우거지고 누
구도 쉽게 접근할 수 없는 곳이라는 점이 좋았다. 나름 운치
있는 광경이 펼쳐져 있어 휴가를 보내기에 딱이었다.

그러나 건우에게 있어서 이곳은 휴가를 보내는 곳이 아니
었다. 일종의 폐관수련장이었다.

아무래도 서울의 집은 수련을 하기에 적합하지 않아 꽤 돈
을 들여 이런 곳을 구입한 것이다. 미국에서도 차고를 박살
냈으니 서울에서 수련을 했다가는 집이 무너질지도 몰랐다.

수련을 하기에 정말 좋은 장소였다. 오히려 별장이 서울에
있는 집보다 훨씬 좋았고, 부지가 넓어 건물이 무너질 걱정을
하지 않아도 되었다. 게다가 서울과 달리 제법 기운이 맑았다.
최고의 환경은 아니지만 최선의 환경 정도는 되었다. 무엇보
다 마음껏 수련을 할 수 있어 좋았다.

"후우……"

뜨거운 입김이 새어나왔다. 건우가 호흡을 할 때마다 주변

의 풀들이 이리저리 흔들렸고 자그마한 돌들이 위로 치솟았다가 내려갔다.

건우가 앉아 있는 곳을 중심으로 바닥에 규칙적인 균열이 새겨져 있었다.

건우는 며칠째 외부와의 연락을 끊고 정신과 육체를 다스리고 있었다. 정신은 날이 선 것처럼 날카로워졌고 육체는 최고의 상태였다.

이러한 준비를 하는 이유는 바로 화경으로 가는 문턱을 넘기 위함이었다. 그 문턱이 너무나 높았지만 승산은 충분히 있었다.

'내력도 충분해.'

콘서트 이후로 내력은 급격하게 늘어 일 갑자를 넘어서 있었고, 지금도 꾸준하게 기운이 몰려오고 있었다. 전 세계에 퍼진 건우의 노래는 건우의 내공 수위를 급격하게 높여주었다.

'이번 화경의 경지는 무언가 다를 것 같은데……'

전생과는 다를 것이라는 확신이 들었다. 지향하는 방향이 달랐고 건우가 익힌 무공은 건우가 생각해도 너무나 신비로웠다. 무공이 아니라 차라리 마법으로 보일 정도니 말이다.

'시작하자. 일단 비워내고 담는다.'

건우가 자리에서 일어나 전신의 내력을 방출했다. 풀들이 소용돌이치며 치솟다가 마구 잘려 나가며 가루가 되었다. 손을 뻗자 바닥에 놓여 있던 목검이 건우의 손에 빨려 들어왔다.

목검에서 무엇이든 벨 수 있을 것 같은 검강이 치솟았다. 하얀색 검강은 찬란하게 빛을 내며 일렁거렸다.

휘익!

처음에는 천천히 목검을 휘둘렀다. 목검을 한 번 휘두를 때마다 나무가 터져 나갔고 땅이 뒤집어져 주변이 순식간에 공터로 변했다. 점차 가속이 붙기 시작하더니 이제는 평범한 인간의 눈으로는 잔상만 겨우 보일 수준까지 이르렀다.

정면에 있던 커다란 바위가 마구 잘려 나갔다. 중장비를 동원해도 빼내기 힘들 정도로 큰 바위였다.

건우는 얼마 전에 진희와 함께 보았던 만화가 떠올랐다. 중2병처럼 오그라드는 것이 특징이었는데, 이게 또 읽다 보면 묘한 중독성이 있었다.

즉석에서 흉내를 내보았다.

"흐읍!"

건우는 목검에 내력을 담으며 바위를 바라보았다. 그리고 몸을 회전하며 검을 던지자 검이 건우의 손을 떠나며 바위에 꽂혔다.

스윽!

목검이 바위에 박혔다. 그 순간…….

콰아아앙!

엄청난 폭음과 함께 바위가 터져 나갔다. 건우의 막대한 내력으로 인해 여러 갈래로 쪼개지다가 가루가 되어 마치 눈처럼 주위에 날렸다.

건우의 움직임은 하나하나가 엄청난 위력을 지니고 있었다.

'딱히 쓸 일이 없다는 게 문제이긴 하지만.'

건우는 피식 웃었다. 이런 힘 따위는 쓸 일이 없는 것이 가장 좋은 일이었다. 건우의 옷은 마구 찢어져 있었다. 그러나 신경 쓰지 않았다. 이곳 주변에는 건우밖에 존재하지 않았다.

모든 내력을 다 써서 그런지 피로가 밀어닥쳤다. 건우는 그대로 가부좌를 틀었다. 대단히 빠르게 내력이 차올랐다. 다시 전신의 활력이 넘쳤다.

'이제 슬슬……'

새벽에 새롭게 차오른 기운은 순수했다. 건우의 마음은 잔잔했지만 그 속에 불안과 긴장이 존재했다.

건우가 가야 할 길은 생사현관의 타통이었다. 생사현관을 타통하는 것은 생사의 갈림길을 넘나드는 일로 여겨질 만큼 어려운 일이었다. 건우와 같은 경지에 있던 무인들도 생사현관 타통을 위해 목숨을 걸었다가 주화입마에 걸려 폐인이 되고는 했다.

그것을 넘어서야만 비로소 천하제일인이라는 타이틀을 걸

고 싸울 자격을 얻게 되는 것이다. 현대에 이르러서는 의미 없는 일이었지만 건우는 다음 작품, 활동을 위해서라도 꼭 그 경지에 오르고 싶었다.

지금의 자신을 넘어서는 유일한 길이었다.

그리고 왜인지 그 경지에 오른다면 자신의 마음에 더 솔직해질 수 있을 것 같았다.

'가보자. 지금 이 무공이라면 실패해도 다시 회복할 수 있을 거야.'

사실 생사현관 타통에 도전할 때는 삶의 욕구, 미련을 버려야 했다. 그러나 건우는 그렇게 할 수 없었다. 진희의 얼굴이 떠올랐다. 그리고 여러 친구들, 어머니의 모습도 떠올랐다.

마음이 따뜻하게 채워지는 기쁨.

그 감정이 건우에게 가장 큰 힘이 되어주었다. 건우는 이 기억과 감정이 약점이 될 수가 없다는 것을 잘 알고 있었다.

'이미 한번 갔던 길이야.'

건우는 전신 내력을 일으키며 생사현관 타통을 시도했다.

쿠웅!

마치 폭탄이라도 떨어진 것 같은 소리가 들려왔다. 건우에게만 들리는 소리였다. 그 소리가 들릴 때마다 이미 뒤집혀진 흙바닥이 요동쳤다.

쿠웅!

마치 강철 벽처럼 굳건했던 벽에 금이 가기 시작했다. 내력이 부족하다면 내공이 역류할 가능성이 있어 위험했지만 건우의 내력은 특수했다. 지금도 몰려오는 기운들이 건우의 내력에 섞여 들어가고 있었다.

조금 오글거리는 표현이기는 하지만 건우가 여러 사람들에게 노래로 준 감동이 힘이 되어주고 있었다.

긴 줄다리기가 시작되었다. 뚫리느냐, 버티느냐의 싸움이었다.

콰아앙!

건우의 내력은 거침이 없었다. 고통을 견디는 것쯤은 아무것도 아니었다. 건우는 수도 없이 거칠게 문을 두드렸다. 저 강철처럼 굳건한 벽도 언젠가는 허물어질 것이다.

해가 떠오르고 다시 해가 졌다.

무려 하루라는 시간이 지날 정도로 긴 시간 동안 건우는 계속해서 타통을 시도했다.

'지금……!'

벽이 흐물흐물해진 것을 느낀 건우는 이번이 마지막이라는 것을 느꼈다.

콰아아앙!

마침내 막대한 내력이 벽을 뚫어버렸다. 내력은 벽을 뚫고도 계속해서 질주했다. 전신 세맥까지 모조리 뚫어버릴 기세로 혈맥을 질주했다. 건우는 그 느낌이 마치 산 높은 곳에서 마구 흘러내리는 용암 같다고 생각했다.

기운은 건우의 몸을 계속 돌았다.

그동안 힘이 부쳐 뚫지 못했던 세맥들까지 모조리 뚫리기 시작했다.

'내력이……!'

내력이 끊임없이 불어났다. 온몸의 내력이 거침없이 통하게 되어 내력이 쌓이는 속도가 엄청났다. 전생에 경험했던 것과는 무언가 달랐다. 단전이 터질듯이 부풀어 올랐고 이윽고 넘치는 내력을 이기지 못하고 손상되기 시작했다.

'뭐지? 주화입마? 아니야. 이건……!'

단전뿐만이 아니었다. 건우가 감당할 수 없을 정도로 방대한 내력에 온몸이 부풀어 올랐다. 그러나 고통은 느껴지지 않았다.

'뜨겁다.'

단지 온몸이 화끈했다. 마치 화상을 입은 것 같은 느낌이었다. 생사현관 타통에 성공했지만 내력이 제어가 되지 않았다. 하지만 기분이 나쁘지 않았다. 위기라고 느껴지지도 않았다.

'흘러가는 대로 두자.'

건우는 내력의 제어를 포기했다. 그냥 흘러가게 놔두었다.

건우는 자신의 손을 바라보았다. 부풀어 올랐던 손에 금이

갔다. 피부가 갈라지며 떨어져 나갔다. 손톱 역시 빠져 버렸다. 그것이 끔찍하게 느껴지지 않았다.

곧이어 나타난 광경이 너무나 경이롭고 아름다웠기 때문이다. 건우의 몸속에서부터 하얀 불길이 치솟았다. 막대한 내력으로 이루어진 불길이었다.

'신기하군.'

온몸의 피부가 벗겨지고 근육이 타올랐다. 하얀 불길이 건우를 감싸고 있었다. 다른 사람이 봤다면 기겁할 만한 광경이었다.

머리카락을 포함한 온몸의 털이 전부 불타오르듯 사라졌다. 온몸의 피부가 벗겨지며 근육이 타올랐다. 건우의 몸이 서서히 공중에 떠올랐다.

드드득!

뼈 뒤틀리는 소리가 났다. 무공으로도 고칠 수 없었던 사소한 부분까지 마치 새로 태어나는 것처럼 바로잡혔다. 마치 예술품으로 만들어지는 것 같다는 느낌이 들 정도였다.

건우의 이가 모조리 빠지고 다시 새롭게 돋아났다. 무공으로도 고칠 수 없던 부분은 치아였다. 새롭게 돋아난 치아는 보통 치아와는 달리 마치 강철처럼 단단했다.

"후우우."

건우가 숨을 내쉬자 온몸에 타오르던 흰 불꽃이 일렁였다.

숨을 들이키자 순식간에 모든 불꽃이 건우의 숨결을 따라 빨려 들어왔다. 본격적인 변화의 시작은 바로 그때부터였다.

느리지만 확실하게, 기존의 것 대신 훨씬 강력한 근육이 자리 잡기 시작했다. 내부 장기들은 흠잡을 곳 없이 완벽하게 자리를 잡았다. 새롭게 돋아난 피부는 상처가 잘 나지 않을 정도로 질겼지만 너무나 부드럽게 바뀌었다. 빠졌던 손톱도 다시 자라나고, 타버려 사라졌던 온몸의 털도 다시 돋아났다.

건우의 몸이 천천히 공중에서 내려왔다. 바닥에 발이 닿자 건우의 눈이 떠졌다.

"이건······."

건우는 자신의 몸을 내려다보았다. 그리고 느낄 수 있었다. 육체는 완벽했다. 흠이라고는 전혀 찾아볼 수 없었다. 근골은 마치 신선이라도 강림한 것처럼 인간에게서는 볼 수 없는 수준이었다.

"환골탈태?"

무림인은 내공 덕분에 보통 사람보다 젊어 보이는 편이다. 그래서 60대의 고수가 40대처럼 보이는 건 흔한 일이었다. 그래서 고수의 나이를 분간하는 방법은 치아를 보면 된다.

치아까지 완벽하게 바뀌는 방법은 전설이라고 일컬어지는 환골탈태밖에 없었다.

화경에 오른 것은 확실했다. 아니, 그 이상의 경지에 닿은 것 같았다. 빨리 시험해 보고 싶은 마음이 들었다.

'그 전에······.'

입고 온 트레이닝복이 모두 불타 사라져, 건우는 현재 알몸이었다. 사유지인 것이 다행이었다.

건우는 주변을 둘러보았다.

'집에서 했으면 집이 무너질 뻔했군.'

그의 주변은 난장판이었다. 바닥이 마치 포클레인으로 긁은 것처럼 파여 있었고 나무들은 모조리 박살 나 있었다. 별장을 산 선택이 적절했다.

건우는 별장으로 돌아왔다. 몸이 깃털처럼 가벼웠다. 가볍게 발을 놀리자 순식간에 별장에 도착할 수 있었다. 건우가 무심결에 벤치 앞에 있는 나무 기둥을 잡는 순간이었다.

우드득!

나무 기둥이 손 모양을 남기며 뭉개졌다. 온몸이 흉기가 되어버린 것이다. 끊임없이 순환하는 내력은 건우의 몸을 최상의 상태로 유지시켜 주고 있었다.

'이제 육체 수행은 하지 않아도 되겠네.'

이제 수행을 하지 않아도 근육이 물러지거나 사라지는 일은 물론이고, 아무리 많이 먹어도 육체의 변화는 없을 것이다. 몸매 걱정을 한 적은 없었지만 앞으로는 아예 신경을 쓰지 않아도 되었다.

배우로서는 단점이 될 수도 있겠지만 말이다.

'이거 호신기가 없어도 총알 정도는 막을 수 있겠는데.'

몇 번 몸을 움직여 보자 힘이 자연스럽게 조절되었다. 건우는 별장에서 챙겨온 옷을 입고 거울을 바라보았다. 이제는 완벽하다는 말이 절로 나올 정도의 모습이었다. 하지만 건우가 가장 마음에 든 것은 자연스럽게 나오는 기세를 마음대로 조절할 수 있게 된 점이었다.

'머리카락이 엄청 길어졌네.'

환골탈태를 해서인지 머리카락이 어깨까지 자라 있었다. 일단 대충 잡아 자르고 별장 밖으로 나왔다. 별장과 가까운 곳에 산이 있었다.

건우는 내력을 일으키며 바닥을 박찼다.

타앗!

엄청난 속도로 건우의 몸이 튕겨지듯 쏘아져 나갔다. 돌을 밟고 그대로 허공을 박차더니 순식간에 나뭇가지 위로 올라가 섰다. 나무가 흔들렸지만 건우의 발은 나뭇가지에 붙어서 떨어지지 않았다.

'이 정도라면……'

건우의 입가에 미소가 지어졌다. 건우가 산 정상을 향해 이동하기 시작했다. 결코 정상적인 방법은 아니었다. 나무와 나무를 밟고 이동하다가 그대로 허공을 박차고 엄청난 속도로 질주했다.

마치 활에서 떠난 화살 같은 모습이었다. 속도가 떨어질 때면 허공을 마치 계단을 걷는 것처럼 밟고는 다시 쏘아지듯 나아갔다.

허공답보였다.

휘이익!

거의 수직으로 세워져 있는 높은 절벽이 건우에게는 문턱처럼 낮게 느껴졌다. 내력을 모아 뛰니 건우의 몸이 수직으로 치솟았다.

탓!

순식간에 산봉우리 정상에 도착했다.

"아이구! 깜짝이야!"

정상에서 물을 마시고 있던 노인이 풍경을 바라보고 있다가 갑자기 뒤에서 나타난 건우의 모습을 발견하고는 깜짝 놀랐다.

너무 놀라 물병까지 떨어뜨렸다.

"안녕하세요?"

"어, 어… 그려. 어, 어디서 왔는감?"

"저 아래에서요. 그럼 먼저 가겠습니다."

건우가 인사를 하며 빠르게 내려가기 시작하자 노인은 눈을 깜빡였다.

"거참, 신선 같은 사람일세그려."

건우의 뒷모습을 바라보던 노인이 그렇게 말했다. 노인은 헛것을 보았나 중얼거리면서 고개를 설레 저었다.

건우는 바로 다음 봉우리로 이동했다. 이 정도 등반으로는 몸이 전혀 풀리지 않았다. 나무를 밟고 솟구치는 모습은 마치 비상하는 매의 모습을 보는 것 같았다. 전신의 내력이 솟구치고 끊임없이 흘러 막힘이 없었다.

바로 정면에 보이는 커다란 바위를 강하게 밟았다.

퍼억!

바위가 발바닥 모양으로 파이더니 균열이 갔다. 바위와 바위를 밟으며 빠르게 올라갔다.

건우는 가볍게 산책을 나온 것 같은 모습이었지만 순식간에 모든 산봉우리를 점령해 버렸다. 그다지 유명하지 않은 산이었기에 한 봉우리를 제외하고는 등산로조차 없었지만 그런 것 따위는 아무런 상관이 없었다. 오히려 등산로가 없는 것이 편하게 느껴질 지경이었다.

"경치가 볼만하네."

날카로운 절벽 위에서 풍경을 내려다보았다. 탁 트인 전경을 바라보면서 느끼는 해방감은 대단했다.

저 멀리 도시의 풍경이 보였다. 안타깝게도 미세먼지가 껴 있어 마냥 아름답지는 않았지만 그래도 기분은 좋았다. 정말 자신이 신이라도 된 것 같은 기분이었다. 온몸에 충만한 힘은 전능함마저 느끼게 해주었다. 그러나 주어진 힘에는 그만큼 무게가 존재한다는 것을 알고 있었다.

건우는 한동안 그렇게 서서 그 광경을 응시했다.

전생에 대한 미련 덕분에 굳어 있던 마음도 이제는 모두 풀려 버렸다. 점차 서서히 기억들이 깨어나고 있음을 느꼈다.

'전생의 기억도 소중하지만…….'

가장 소중한 것은 역시 현재였다. 전생과 이어진 지금의 시간을 소중하게 여기고 싶었다.

이제야 무언가 제대로 보이는 느낌이었다. 건우는 피식 웃고는 절벽 위에서 그대로 뛰어내렸다. 깃털처럼 가볍게 착지한 다음, 순식간에 별장으로 돌아왔다. 핸드폰을 보니 여기저기에서 연락이 많이 와 있었다.

진희: 하는 일은 잘되어가?
건우: 이제 막 끝났어.

진희나 석준에게는 잠시 일이 있다고 말하고 별장으로 내려온 건우였다.

진희: 저녁 어때?

건우: 집에서?

    그렇게 답장하자 바로 진희에게 전화가 왔다. 건우는 핸드폰을 바라보면서 피식 웃다가 전화를 받았다. 건우의 입가에 미소가 떠나질 않았다.

    인간을 벗어난 경지에 올라 비로소 인간으로서 가장 중요한 것이 무엇인지 깨달았다.

3. 대단해지는 취미 생활

휴식.

말 그대로 건우는 쉬었다. 정말 푹 쉬었다.

무언가를 안 해본 적도 근래 들어서는 처음이었다. 전생의 기억을 찾은 후부터 건우는 하루도 쉬지 않고 수련을 하거나 활동을 해왔다.

지금까지 건우에게 휴식이란 의미는 육체를 단련하고 정신을 날카롭게 하는 수련을 의미했다. 오히려 활동을 할 때보다 더 쉬지 않을 경우가 많았다. 그러나 이제는 더 이상의 수련은 의미가 없어 말 그대로 아주 푹 쉬었다. 아무리 수련해도 제자리걸음이었고 오히려 심력이 소모되어 경지가 퇴보되는 느낌이 있었다. 지금 기존에 해왔던 수련은 안 하느니만 못했다. 그러다 보니 시간이 너무 널널했다. 널널하다 못해 넘쳐흐르고 있었다.

"으음."

해가 중천에 떠서야 눈을 떴다. 밤늦게까지 무언가를 한 것은 아니었다. 막상 쉬겠다고 마음먹으니 다 귀찮아졌다. 딱히 할 것도 없어서 멍하니 핸드폰을 바라보다가 그냥 잠에 들었던 것이다.

아침 일찍 일어날 수 있었음에도 그냥 계속 잠을 청했다. 오랜만에 누려보는 백수 생활이었다. 10대 후반, 그리고 20대 초반을 그렇게 보냈으니 꽤 익숙하기는 했다.

건우는 길게 숨을 내쉬며 몸을 일으켰다.

'쉬는 게 더 힘들구나.'

몸에는 이상이 전혀 없었지만 왠지 여기저기가 뻐근한 느낌이었다. 잠은 잘수록 더 는다고 하지만 더 이상 잘 수 없었다. 한계가 온 것이다.

내부 관조를 하면서 명상을 하면 일주일도 더 넘게 누워 있을 수 있었지만 그렇게까지는 하기 싫었다. 그런 짓을 하면 냉동 인간이 되는 것과 다를 바가 없다는 생각이 들었기 때문이다.

실제로 무림의 어떤 노승은 그렇게 명상을 하다가 헤어나오지 못해 썩은 시체가 되기도 했다.

"후. 일어나야지."

건우는 자리에서 일어나 거실로 향했다. 거실에는 밥상이 차려져 있었다. 앞치마를 두르고 있는 진희가 보였다. 이제는 일상적인 광경이었다. 건우의 집 열쇠도 가지고 있었고 방 몇 개는 진희가 쓰고 있었다. 오히려 건우가 쓰는 생활공간보다 더 많은 부분을 차지하고 있을 정도였다.

건우는 그게 좋았다. 생활의 일부가 되는 것 같은 느낌에 마음이 충만해졌기 때문이다.

마음에 여유가 생겼기 때문일까? 사소한 것 하나하나가 새롭게 와닿았다. 무신경한 자신에게 일어난 꽤 큰 변화였다.

'내가 이런 생각을 할 줄이야.'

검 하나로 세상을 살아왔던 건우였다. 이런 광경을 꿈꿨던 적은 있었지만 실현될 것이라고 믿지는 않았다.

모든 것이 하나하나 다 감정적으로 다가오기 시작했다. 세상을 보는 시각이 바뀐 기분이었다.

건우는 기척을 죽이며 진희에게 다가갔다. 존재감과 소리가 완전히 사라져 마치 그림자가 이동하는 것 같았다. 건우가 살수가 되기로 마음먹는다면 능히 누구라도 암살할 수 있을 것이다.

"뭐 해?"

"꺄악!"

진희가 크게 놀라며 넘어질 뻔했다. 넘어지려 하는 걸 건우가 잡아주었다. 장난기 넘치는 건우의 표정을 보더니 진희가 한숨을 내쉬었다.

건우는 늘 진중한 성격이었는데 요즘 들어서 많이 가벼워진 것 같았다. 그래도 한결 편해진 듯한 모습이 더 보기 좋았다. 얼마 전에는 무거운 짐을 짊어진 것 같이 느껴져 거리감이 있었는데, 지금은 편하게 다가갈 수 있으니 나쁠 것은 없었다.

"으휴, 일어났어?"

"이게 다 뭐야?"

"엄마가… 아, 음, 가, 같이 만들었어."

진희가 반찬을 잔뜩 싸왔다. 건우가 살짝 집어 먹어보니 진희의 솜씨는 절대 아니었다. 요즘 들어 스스로 요리를 하려고 하지만 결과는 신통치 않았다. 건우는 그저 웃을 뿐이었다.

냉장고 문을 열어보았다. 건우는 풍족하게 냉장고를 채우는 스타일은 아니었다. 화경에 오른 후, 며칠 동안 굶어도 전혀 문제없기에 냉장고는 비어 있었다. 그러나 지금은 가득 찬 상태였다. 거의 다 진희가 채워 넣은 것들이었다.

'역시 지나치게 좋은 것들만 있네.'

냉장고엔 최고급 재료들만 가득했다. 재료가 아까워 자연스럽게 요리를 하게 된 건우였다. 그러다 보니 어느새 재료 담당과 요리 담당이 정해져 버렸다. 진희는 재료 담당치고는 두르고 있는 앞치마가 참 예뻤다.

슬쩍 옆을 보니 반짝이는 눈동자로 자신을 바라보고 있는 진희가 보였다.

'너무 맛있어도 문제구만.'

건우의 미각은 인간의 한계를 훌쩍 벗어난 상태였다. 신의 영역에 닿아 있다고 해도 무방했다.

게다가 다른 감각 또한 전과는 비교도 할 수 없을 정도로 발달해서 재료가 만들어낼 수 있는 극상의 맛을 끌어낼 수 있었다. 그러다 보니 음악이나 연기와 마찬가지로 한번 맛보면 다른 것들이 밍밍하게 느껴지게 되어버린 것이다.

가볍게 요리를 하고 같이 식사를 했다. 진희는 건우의 요리에 중독되어 버려 벗어날 수 없었다.

"조금 있으면 아카데미 시상식이지?"

"벌써 그렇게 되었네."

"오스카상이라니⋯ 부럽다. 또 한 번 한국이 난리 날 것 같아."

배우라면 누구나 꿈꾸는 상이었다. 진희도 마찬가지였다. 건우도 욕심이 있었지만, 미국까지 가야 하는 것이 조금 귀찮았다. 아카데미 시상식에 참여하고 크리스틴 잭슨 감독과의 약속도 지켜야 했다. 이미 전화를 통해 어떤 부분을 촬영할지 합의가 되었다. 몇 분가량의 짧은 분량이지만 건우가 보기에도 그 몇 분이 영화의 완성도를 꽤 올려줄 것이 분명했다.

"으… 너무 많이 먹었어."

요즘 들어 살찔까 봐 걱정이 많은 진희였다.

건우는 진희가 가지고 온 짐으로 시선을 옮겼다. 무언가 바리바리 싸 들고 왔는데, 내용물이 색달랐다.

"저건 뭐야?"

"후후, 놀라지 마."

스케치북을 꺼내 건우에게 보내주었다. 스케치북을 펼쳐보니 꽤 잘 그린 그림들이 나왔다. 풍경화부터 시작해서 인물화까지 다양했다.

"잘 그리네."

"나 미대 나왔어."

"그래?"

"이래 보여도 수상 경력까지 있다구."

건우가 작게 감탄했다. 미술은 건우가 전혀 관심이 없었고 재능도 없었던 분야였다. 학창 시절에도 미술 시간에 제대로 무언가 그려본 적이 단 한 번도 없었다. 연필이나 붓을 쥐는 것조차 서툴렀다. 그때는 무언가 집중해서 꾸준히 하는 걸 하지 못했다.

'미술이라······.'

건우가 꽤 흥미를 보이자 진희는 씨익 웃으면서 가방에서 무언가를 꺼냈다.

"이건 액정 태블릿! 요즘은 이런 거로 그려."

"오, 종이가 필요 없네."

"그렇지!"

진희가 건우에게 액정 태블릿을 보여주었다. 건우는 '골든 시크릿' 후반 작업을 하는 것을 봤기에 이런 게 있다는 걸 알고 있었으나 모른 척했다.

'갑자기 무슨 일이지?'

건우는 그녀와 나누었던 대화를 떠올려 보았다. 그러고 보니 자신이 취미 생활이 없다고 진희에게 말했던 것이 생각났다. 좋아했던 게임도 이제는 너무 시시해져 흥미가 팍 식었다. 그 어떤 게임이라도 현재 건우가 한다면 치트키를 치고 하는 것과 다름없었다.

건우는 대견하다는 눈빛으로 진희를 바라보았다. 진희는 그런 시선에 흐뭇해했다.

"나중에 기회가 되면 전시회도 하고 싶어."

"그래?"

"어때? 취미로 괜찮겠지? 응? 그치?"

"그렇긴 한데… 음……."

별로 당기지는 않았지만 건우는 고개를 끄덕였다. 그가 직접 경험하지 못한 전혀 새로운 분야였다.

"어렵지 않을까? 그림 같은 거 그려본 적이 없는데."

"내가 알려줄게!"

진희는 건우에게 무언가 가르쳐 주는 것이 즐거운 모양이었다. 그 모습을 보니 대충 흘려들을 수는 없었다. 건우는 진희가 하는 것을 지켜보았다.

잠시 지켜보는 것만으로 대충 어떻게 하는 건지 이해가 되었다. 소프트웨어적인 것들은 따로 공부가 필요했지만 지금은 진희가 하는 것을 그냥 다 외워 버렸다.

"해볼래?"

"응."

"나는 설거지하고 올게!"

진희가 후다닥 부엌으로 갔다. 건우는 진희가 준 펜과 액정 태블릿을 잠시 바라보았다.

'음…….'

먼저 자신의 이름을 써보았다. 힘 있고 유려한 글씨체였다. 새삼 과학의 발달이 대단하구나 하고 느꼈다.

'이렇게 했었지.'

펜 스타일을 바꾸는 법, 색을 섞는 것 정도는 봐서 이해했다. 무엇을 그려볼까 고민하다가 전생에서 보았던 광경을 그려보기로 했다. 머릿속에만 있는 광경을 끄집어내 보고 싶었다.

처음에는 버벅거렸지만 점차 익숙해졌다. 펜이 마치 검처럼 손에 익어갔다. 만류귀종이라는 말이 이런 상황에 쓰이는 것인지도 몰랐다.

처음 그려본 것은 생각보다 그럴 듯했다. 어설픈 구석이 많았는데, 도전 욕구가 꿈틀거렸다.

'생각보다 할 만한데?'

건우는 순식간에 몰입하기 시작했다. 진희가 설거지를 끝내고 다가왔는데, 집중하는 걸 보고 방해하지 않고 옆에 앉았다.

건우는 연기와 노래를 할 때처럼 몰입이 되는 것을 느꼈다. 정파의 고수들이 가끔 붓을 검으로 삼는다는 이야기를 들은 적이 있었다. 신선놀음이라 생각했는데 의외로 일리가 있는 말 같았다.

'음?'

건우는 자연스럽게 내력이 움직이는 것을 느꼈다. 펜을 놀리면서 생각하는 감정과 의지에 따라 자연스럽게 내력이 발산되고 있었다. 예전과는 다른 느낌이었다. 새로운 경지에 오른 덕분인 것 같았다.

'그렇다면…….'

그림에도 노래와 연기처럼 감정의 힘을 불어넣을 수 있지 않을까? 어쩌면 그 이상도 가능할지도 몰랐다. 만약 할 수만 있다면 그 활용법은 그야말로 무궁무진했다. 그 생각이 건우의 흥미를 불러일으켰다.

'다시 제대로 해보자.'

건우의 눈빛에 이채가 서렸다.

건우는 살짝 비스듬했던 자세를 고쳐 잡았다. 건우의 모습은 사뭇 진지했다. 휴식 기간에 편안하고 가벼운 분위기만 보여주었던 것과는 전혀 달랐다.

건우는 그의 스승과 함께 보았던 풍경을 떠올리며 그때 느낀 감동과 마음을 생각해 보았다. 어둡고 잔인한 생활만을 하다가 처음으로 따스함을 느꼈던 시간이었다.

처음에는 어설펐지만 건우의 감각은 인간의 한계를 아득히 뛰어넘고 있었다. 아무렇게나 쓱쓱 긋는 것 같아 보이는 펜 놀림은 쓸모없는 행위가 아니었다. 그의 의도대로 점점 무언가가 완성이 되어갔다.

건우는 거의 무아지경의 상태까지 도달했다.

진희는 흐뭇한 표정으로 건우를 바라보고 있었다. 이제는 당연한 말이었지만 건우는 무엇을 하든 그림이 되었다. 그러나 요즘 들어 최절정에 올랐다고 생각했다. 웃음이 많아지고 분위기가 많이 풀어져서 그런지 매력이 한층 더 뿜어져 나오는 느낌이었다. 얼마 전까지만 해도 사람 같지 않게 느껴졌다면, 지금은 그에게서 사람 냄새가 물씬 풍겼다. 전처럼 차갑게 느껴지지 않고 친밀감이 느껴졌다.

'복귀하면 난리 나겠어.'

진희는 그렇게 생각했다. 오래 쉬고 싶다고 말한 건우였지만 어찌 될지는 아무도 몰랐다.

건우의 전성기는 이제부터 본격적으로 시작될 것이라는 강한 확신이 들었다. 진희는 카메라를 꺼내 건우의 모습을 담았다. 그렇게 찍기 시작한 사진들이 한 장, 한 장씩 차분하게 쌓이는 중이었다. 만약 이 사진들로 전시회를 연다면 해외에서도 엄청 몰려올 것 같았다.

'열심히 하네.'

대단히 집중하는 모습에 진희는 입가에 미소를 그렸다. 그녀는 건우에게 이것저것 알려줄 생각에 즐거워졌다. 건우가 못하는 부분을 조금이나마 채워줄 수 있다는 것이 마냥 기뻤다.

진희가 건우의 옆모습을 바라보다가 태블릿의 화면으로 눈을 돌리는 순간이었다.

처음 몇 초 동안은 눈을 깜빡였다.

"어?"

그러고는 바로 그녀의 눈이 동그랗게 떠졌다. 그럴 수밖에 없었다. 그림을 전혀 그려본 적이 없다고 말했고, 실제로 처음 펜을 잡고 끄적이는 것을 보았을 때도 그런 티가 확실하게 났었다.

그런데 지금은 아니었다.

잠시 설거지를 하고 오고 온 사이에 무슨 일이 있었던 것일까?

"이, 이거 방금 그린 거야?"

"응, 생각대로 잘 안 되네."

건우는 잘 안 된다고 말했지만 내용은 달랐다. 진희의 표정이 멍해진 걸 보면 알 수 있었다. 건우는 그 흔한 확대와 축소, 브러시 선택, 되돌리기도 쓰지 않으면서 오직 기본 브러시로만 그리고 있었다.

그림은 대단히 멋졌다.

표현법은 투박한 느낌이 들었지만 오히려 그것이 순수함을 느껴지게 만들었다. 풍경을 그리는 것 같은데, 날카로운 절벽과 굽이굽이 자라난 나무의 조화가 매력적이었다. 절벽에 서 있는 신선처럼 보이는 사람은 대단히 사실적으로 보였다. 여러 가지 색을 쓰지 않고, 대략적인 선으로만 이어진 그림이었지만 굉장히 생동감 넘치게 보였고, 따뜻하다는 느낌이 들었다. 이 것만으로도 하나의 작품이라는 생각이 벌써부터 들었다.

"자, 잘 그리네?"

건우는 그냥 웃고는 다시 펜을 놀리기 시작했다. 그저 진희
가 권했기에 잠깐 해볼 생각이었는데, 의외로 재미있었다. 그
리고 푹 빠진 결정적인 이유가 있었다.

'신기해. 이런 것이 도움이 되다니.'

건우는 더 이상 육체적 수련의 의미가 없었다. 정신적인 성
장도 더 이상 이루어지지 않고 있었다. 그림을 그리면서, 평소
같은 방법으로는 가능성이 없던 정신적인 부분이 조금씩 확
장이 되는 것을 느꼈다. 의식이 확장되는 감각이었다.

건우가 하지 못했던 경험과 배움이 앞으로 나아갈 수 있는
원동력이 되어주고 있었다. 새로운 수련법이라는 생각이 들었
다.

생각을 지워내며 다시 집중하려다가 시무룩해져 있는 진희
의 모습이 보였다. 건우는 잠시 펜을 내려놓았다.

"이건 어떻게 해?"

"아, 응! 여기서……."

건우는 일부러 궁금한 것들을 만들어내며 물어보았다. 진
희는 화색이 돌면서 건우에게 이것저것 가르쳐 주었다. 건우
는 미소를 지으면서 설명을 들었다. 생각보다 진희는 잘 가르
쳤다. 너무 혼자 몰입했던 것이 미안했다.

툴 응용이 가능해지니 실력이 엄청나게 늘어나는 게 진희

의 눈에 보였다. 이제는 놀랍지도 않았다. 리온이 그랬던 것처럼 그냥 건우니까 그러려니 할 뿐이었다. 그래도 다소 투정은 하고 싶었다.

"뭐든지 잘하는 건 알고 있었지만… 이것도 이렇게 금방 잘하게 될 줄은 몰랐어."

"…그냥 적성에 맞나 봐. 알려줘서 고마워. 좋은 취미가 될 것 같아."

건우가 그렇게 말하자 진희는 밝게 웃었다.

정말 도움이 된 것은 사실이었다. 진희가 없었다면 이런 발견을 하지 못했을 것이다. 설령 도움이 안 되었다고 하더라도 그냥 이런 시간을 보내는 것 자체가 좋았다.

'그러고 보니 내 취미는 수련이었지.'

간만에 취미다운 취미를 찾은 것 같았다. 물론 수련의 연장선이기는 했다.

건우는 진희와 함께 생각한 광경을 그려갔다. 놀라울 정도로 내력이 활발하게 움직였다. 내력을 운용하는 것이 아니라 생각한 대로, 마음가는 대로 움직이고 있었다. 건우는 깨달음은 멀리 있는 것이 아닌 것을 느꼈다.

"와, 예쁘다."

진희가 화면을 바라보면서 대단히 만족했다.

꽤 오랫동안 그린 것 같았다. 완성된 작품은 그럴듯했다. 건우가 생각한 대로 다 나온 것이 아니라 아쉬웠지만 얻은 것은 많았다.

'확실히… 감정의 힘이 담기는군.'

약하기는 하지만 감정의 힘이 확실히 존재했다. 노래나 연기처럼 건우의 목소리나 모습이 담기지 않아도 감정의 힘을 불어넣을 수 있었다. 어째서 거장들의 위대한 작품들에 그러한 흔적이 보이는지 건우는 이해할 수 있었다.

건우와 그들의 다른 점이 있다면 건우는 이 힘을 컨트롤할 수 있었고 자신이 원하는 것을 불어넣을 수 있었다는 점이었다. 그리고 힘의 크기는 훨씬 컸다.

벌써 저녁이 되었다. 오랫동안 화면을 바라보아서 눈이 침침한지 진희가 소파에 그대로 누웠다.

"으으, 벌써 저녁이네. 요즘 시간이 참 빨리 가는 것 같아."

"그렇긴 하지."

"근데, 이렇게 늙는 것도 좋을 것 같긴 해."

"그래."

건우는 진희의 말에 웃으면서 고개를 끄덕였다. 이런 잔잔함 속에서 늙어갔으면 좋겠다는 생각이 들었다.

"아… 자고 가고 싶은데……."

"내일 스케줄 있다고 했지?"

"응, 영화 때문에. 네가 골라줘서 그런지 대박 날 것 같아."

진희는 자고 가고 싶어 했지만 이제 영화 준비에 들어가야 했기에 저녁 늦게 집으로 돌아갔다. 발걸음이 떨어지지 않은 지 한참을 문 앞에서 서성인 그녀였다.

대본을 고르는 데 건우가 도움을 주었다. 이제는 대본을 읽지 않아도 그 안에 들어간 정성이 색채로 보였다. 그 정성은 아무리 복사를 해도, 또는 일부가 손상이 되어도 사라지지 않고 그대로 남아 있었다.

그것이 좋은 작품을 고르는 데 있어 절대적인 기준은 아니었다. 그러나 비중을 크게 두고 충분히 고려할 만하다고 생각했다. 실제로 살펴본 결과 내용이 좋기도 했다. 그래서 건우는 진희에게 추천해 준 것이다.

'내용은 꽤 괜찮았지.'

내용은 구성이 탄탄한 스릴러물이었다. 원작 소설이 있었는데, 각색한 것을 보니 흥행할 것 같은 확신이 들었다.

건우는 꽤 유용한 능력이라는 생각이 들었다. 조금 더 집중하면 무슨 생각을 하면서 썼는지, 어떤 상황에서 썼는지조차 알 수 있을 것 같았다. 심력이 많이 소모되기는 하겠지만 말이다. 어쨌든 응용이 가능한 능력은 많으면 많을수록 좋은 일이었다.

이제는 무공이라 부르기도 뭐했다. 차라리 선술이라고 표현하는 것이 옳을지도 몰랐다.

'음… 썰렁하네.'

진희의 빈자리가 크게 느껴졌다. 건우는 평소처럼 잠자리에 들 수 없었다. 건우는 피식 웃고는 오랜만에 컴퓨터를 켰다. 처음에는 관심이 크게 없었지만 수련의 일환으로 생각되니 몸이 근질근질해서 견딜 수가 없었다.

'이것도 병이군.'

역시 아무것도 안 하고 푹 쉬는 건 건우에게 대단히 힘든 일이었다. 발전할 가능성이 보이는데 도저히 외면할 수가 없었다.

건우는 대략적으로 그림 툴을 다루는 방법을 찾아보았다. 미튜브에도 상당히 많은 강좌가 있었고 텍스트로도 많았다. 특히 해외 강좌가 많았는데, 웬만한 언어는 모두 섭렵하고 있어 알아듣는 데 전혀 문제가 없었다. 생각보다 유용한 기능이 많았다. 새로운 세계에 흥미를 느끼면서 건우는 상당히 재미있게 배웠다.

시간을 보내기에는 딱이었다.

"일단……"

진희가 주고 간 장비로는 부족함을 느꼈다. 건우는 바로 가장 크고 좋은 것들을 주문했다. 비어 있는 방 하나를 취미방의 이름을 단 수련실로 만드는 것도 나쁘지 않은 생각이었다. 건우는 인터넷 쇼핑몰을 통해 좋아 보이는 것들을 모두 주문

하고 다시 펜을 잡았다.

건우가 지닌 힘을 새로운 각도에서 다루어보는 것만으로도 앞으로 음악과 연기를 하는 데 굉장한 도움이 될 것이라는 확신이 들었다.

분명 대단해질 취미 생활이 그렇게 시작되었다.

*   *   *

할 일이 생겼다.

그 후 건우는 여가시간을 모두 투자했다. 그래픽 작업을 위한 고급 장비들이 구비되었고, 컴퓨터는 아예 최고급 사양으로 다시 맞췄다. 이렇게 맞춰도 되나 싶을 정도로 고사양이었다.

책상 위에 전문 서적들이 수북하게 쌓여 있었다. 동영상 강좌도 좋지만 건우는 책이 가장 편했다. 책을 그저 스르륵 넘겨보는 것만으로도 완벽하게 암기가 되기 때문이었다. 책상 위에 쌓여 있는 책들은 이미 모조리 암기하고 이해한 뒤였다. 작은 지식조차 많은 도움이 되었다.

건우는 자신이 그린 그림을 바라보며 고개를 끄덕였다.

정지된 장면으로 세상을 바라보니 새로운 감각이 생긴 것 같았다. 수련은 고통을 즐겨야 했지만 지금은 아니었다. 일단 재미가 있었다.

'욕심이 생기는데… 아예 사무실을 내볼까?'

돈이 넘쳐도 딱히 쓸 곳이 없으니 나온 생각이었다.

건우는 피식 웃고 결과물들을 바라보았다. 그가 주로 그린 것은 풍경과 인물이었다. 전생과 관련된 것부터 시작해서 '골든 시크릿'을 떠올리며 그린 것도 있었다. '골든 시크릿'의 후반기 작업에서 보고 들었던 것들이 굉장한 도움이 되었다.

'이제 대충 알 것 같아.'

작업물들을 바라보았다.

사진처럼 정밀한 것들도 있었고 상당히 추상적인 느낌도 있었다.

자신의 힘을 시험해 보면서 그린 것이라 그림마다 담긴 감정이 들쑥날쑥했지만 분명한 것은 그것으로 인해 평범한 그림이 아니게 되었다.

보고 있으면 따듯한 마음이 스며들거나, 차갑게 느껴지고 거북하게 느껴지는 것들도 있었다. 긍정적인 감정뿐만 아니라 부정적인 감정도 불어넣어 본 작품도 있었다. 건우가 최선을 다한다면 거의 저주 수준의 작품도 만들 수 있을 것이다. 그런 그림이 시중에 돌아다니게 된다면 사람 하나둘 죽이는 건 일도 아닐 터였다.

전생이었다면 사술이라 취급하면서 피해 다니면 그만이었

지만 요즘 같이 인터넷이 발달된 시대에는 그럴 수 없었다. 건우가 자신이 가진 힘을 이용은 하되 악용할 생각이 없다는 것이 다행이었다.

'생각을 정리할 때도 좋네.'

기억을 객관적으로 바라보게 해주었다. 전생의 풍경을 그림으로 되살리는 것도 건우에게 좋은 공부가 되어주었다. 그렇게 함으로서 아픈 기억들도 추억으로 남을 수 있을 것 같았다.

아이러니하게도 이러한 행위들이 현재에 더 집중을 할 수 있게 만들어주었다.

건우는 커피를 마시다가 서재가 열려 있는 걸 보고 서재로 가보았다. 정리 안 한 만화책과 책들이 보였다. 건우는 잠시 동안 그걸 바라보았다.

문득 떠오른 생각이 있었다.

'전생의 이야기를 그려볼까?'

처음에는 웃긴 생각이라고 생각하면서 고개를 저었지만 곰곰이 생각해 보니 나쁘지 않은 생각 같았다.

현자들이 인생을 돌아보면서 깨달음을 얻었다고 했던 것들이 떠올랐다. 건우의 스승 또한 그러했다. 취미 활동도 하면서 수련까지 하는 아주 좋은 선택이었다.

'진짜 한번 해봐?'

진희의 반응도 기대가 되었다.

정식 스케줄, 그러니까 아직 아카데미 시상식까지는 시간이 꽤 남았다. 공부할 시간은 충분했다. 보통 사람의 기준으로라면 말도 안 되는 이야기였지만 건우는 달랐다. 건우의 기억력과 이해력, 그리고 응용력은 상식을 초월한 수준이었으니 말이다.

건우는 결심을 굳혔다. 스스로가 이런 생각을 해냈다는 것이 웃겼지만 이 또한 불쑥 찾아온 어떤 인연 같은 것인지도 몰랐다.

'기왕 하는 거 완벽하게 해야지.'

건우는 본격적으로 공부에 들어갔다.

공부를 시작한 건우를 말릴 수 있는 사람은 아무도 없었다. 거의 일주일을 잠조차 자지 않고 공부에 임했다. 전에는 가끔씩 휴식을 취해야 했지만 이제는 아니었다. 진기의 흐름은 끊임이 없었고 신체는 언제나 활력이 넘치는 상태였다. 집중력도 너무나 뛰어나서 결코 흔들림이 없었다. 기계도 이 정도는 아닐 것이다. 기계라도 과부하가 걸리지 않도록 쉬게 해주어야 하니까 말이다.

건우는 머릿속에 떠다니는 지식을 정리하기 위해 잠시 명상을 했다.

"후우……."

정리가 끝난 건우는 다시 펜을 잡았다. 며칠 동안 그 자리에 앉아서 작업을 해도 전혀 흐트러지지 않았다. 정자세 그대로 기계처럼 손을 움직였다.

대충 첫 이야기는 완성이 되었다.

조금은 어두운 마음으로 만들었다. 그의 유년 시절, 잠깐의 행복, 산적들에게 죽은 가족들과 죽어가는 사람들, 살기 위해 버둥거렸던 일들이 담겨 있었다. 그 안에 담긴 두려움과 절망, 그리고 살아가는 데 필요한 희망이 처절하게 담겨 있었다.

건우는 그 시절의 자신과 마주할 수 있었다. 과거로 돌아가서 자신을 지켜보는 기분이었다. 건우의 눈은 차분하게 가라앉아 있었다.

'이제는 그저 기억일 뿐이야.'

긴 숨을 내쉬며 그렇게 생각했다.

구도와 연출은 크리스틴 잭슨 감독의 영향을 많이 받았다. 그리고 영화 촬영을 하면서 만난 아티스트의 작품들도 큰 영향을 끼쳤다.

그림체 자체는 실사에 가까웠다. 그러나 그림만이 갖는 특성을 결코 버리지 않았다. 형태의 과장과 생략은 실사에서는 볼 수 없는 표현이었다.

거기에 인체와 움직임, 그리고 무술에 대해 누구보다도 잘 알고 있는 건우였기에 그림은 눈을 뗄 수 없을 정도로 동적이었다. 분명 그림이지만 정지되어 있는 것처럼 느껴지지 않았다. 감정의 힘까지 담겨 마치 동영상처럼 보였다.

한 컷, 한 컷이 예술 작품이라고 해도 무방할 정도였다.

'재미있네. 많이 배웠어.'

이야기를 써 내려가고 그려가다 보니 연기에 대해서도 다시 한번 생각하게 되었다. 이제는 연기에 국한되지 않고 좀 더 시야가 커져 영화나 드라마의 기획이나 연출에도 흥미가 생겼다.

건우는 미소 지었다. 느리지만 확실히 의식이 확장되는 듯한 감각이 있었다. 이 이상의 경지를 밟아본 적이 없는 건우로서는 대단한 성취였다. 건우는 시간 날 때마다 그려볼 생각이었다.

건우가 저장을 하고 컴퓨터를 끄려고 할 때였다.

"나왔어."

진희가 집으로 들어 왔다. 주위에 보는 눈도 상당히 많았기에 아주 꽁꽁 싸매고 왔다. 진희는 피곤한 기색이 가득했는데, 건우를 보자마자 다가와 건우를 끌어안았다.

"좋다."

"그래?"

"응."

건우는 웃으면서 진희의 몸에 있던 탁한 기운들을 모조리 흡수하고 맑은 기운을 흘려보냈다. 갑자기 넘쳐나는 기운에 진희는 건우를 올려다보았다.

건우의 케어에 진희는 건강할 뿐만 아니라 외모에도 물이 올랐다. 피부도 굉장히 깨끗해졌고 몸의 균형도 잡혀 있었다. 덕분에 지금은 대한민국에서 미인하면 떠오르는 연예인이 바로 그녀였다.

"너 혹시 마법사야?"

"으음? 아마 아닐걸?"

건우는 그렇게 말하며 웃었다. 진희는 건우가 조성한 그림 작업실을 바라보면서 감탄했다. 대단히 쾌적한 환경이었다. 자신과 공통의 취미를 가지고 있는 것이 너무나 뿌듯했다.

진희는 수북하게 쌓여 있는 전문 서적들을 바라보다가 심상치 않음을 느꼈다. 마치 건우의 노래를 처음 듣기 전의 느낌과 비슷했다.

불안함이 느껴지는 것은 왜일까?

"좀 그렸어?"

"아… 응."

건우는 쉬지 않고 계속 작업한 것을 말하지는 않았다. 진희가 보고 싶어 하자 건우는 작업물이 있는 폴더를 열어 주었다.

"커피 마실래?"

"응."

건우가 커피를 타러 간 사이에 진희는 폴더를 살펴보았다. 처음 같이 그림을 그린 날을 떠오르자 입가에 미소가 걸렸다.

'인물 폴더?'

그러한 폴더가 보였다. 진희는 고개를 갸웃했다.

진희는 일단 폴더를 보기 전에 심호흡을 하며 이제는 놀라지 않겠다는 강한 결심을 했다.

파일이 열리자 그런 결심을 했던 것이 무색하게 단번에 멍한 표정으로 바뀌었다.

"아⋯⋯."

진희의 눈동자가 커졌다. 동양풍의 옷을 입고 있는 사람이 보였다. 그림이라는 것을 알고 있었는데도 마치 살아 있는 것처럼 느껴질 정도로 생동감이 넘쳤다. 드로잉 실력, 채색, 그런 문제가 아니었다.

알 수 없는 어떤 위압감이 느껴져서 움찔할 정도였다. 그림일 뿐이었는데, 가슴이 철렁하는 기분을 느낄 수 있었다.

'석준 오빠?'

근엄하게 앉아 있는 석준의 모습이었다. 얼굴에 흉터도 있어 굉장히 사나워 보였다. 덩치는 곰 같이 컸다. 지금의 호쾌하고 좋은 인상과는 거리가 좀 있어 보였다.

얼굴도 살짝 달랐지만 석준인 것이 딱 느껴졌다. 진희는 침을 꿀꺽 삼키며 차례대로 그림을 열어보았다. 따스한 느낌이 드는 인물도 있었고 손이 떨릴 정도로 두려운 마음을 들게 하는 인물도 있었다.

'응? 리온이네.'

대단히 간사해 보이는 리온의 모습도 있었다.

놀라움의 연속이었다. 아마 진희가 그동안 건우를 봐온 시간이 없었다면 경악했을지도 몰랐다. 지금은 놀라는 것에 워낙 익숙해져서 일단 침착하게 대응할 수 있었다. 러프로 보이는 것들도 열어 보니 대단하다는 말밖에 나오지 않았다.

건우의 말도 안 되는 재능이 무섭게 느껴졌다.

하지만 진희는 건우의 모든 걸 받아들이기로 마음먹은 상태였다. 설령 그가 인간이 아닌 다른 무언가라도 그 마음은 변치 않을 것이다.

'전생록?'

그런 이름이 붙은 폴더가 있었다. 이름부터 뭔가 심상치 않았다. 진희는 심호흡을 하고 모니터를 뚫어져라 바라보았다. 이제는 더 이상 놀랄 것도 없다는 생각에 마음이 편해졌다.

'리온 말대로… 그냥 건우니까 라고 편하게 생각하자.'

진희는 고개를 끄덕이면서 그렇게 생각했다. 요즘 들어 왜인지 자신감이 넘치는 리온을 생각하다가 진희는 고개를 설레 저었다. 재수 없는 놈이 더 재수 없어졌다.

진희는 '습작1'이라고 써져 있는 파일을 열어보았다.

"만화?"

그저 만화라고 보기에는 그야말로 미친 듯한 퀄리티였다. 험준한 산맥으로 시작하는 풍경은 시원한 청량감을 느끼게 만들어주었다. 그 후 이어지는 광경은 훈훈한 미소를 짓게 만들었다. 거적때기 같은 옷을 입고 있었지만 어린아이들의 모습은 귀엽기 그지없었다. 그림 속 아이가 된 것처럼 입가에 자연스럽게 미소가 떠올랐다.

그림을 보는 것임에도 마치 그 장면이 머릿속에서 재생되는 것 같은 착각이 일었다. 실사를 보는 것 같으면서도 그림에서만 느낄 수 있는 특징은 그대로 살린 그림체는 기존에 봤던 모든 그림체와 비교해도 단연 뛰어났다.

진희의 얼굴이 굳어졌다. 절망스러운 장면들 때문이었다. 마을 사람들이 모두 몰살당하는 모습은 진희의 얼굴은 새파랗게 만들었다. 자연스럽게 입을 막았다. 소년과 어머니의 이별이 너무나 슬프게 느껴졌다. 눈물이 볼을 타고 흘렀다.

"응? 왜 울어?"

"너무 슬퍼."

커피를 들고 온 건우는 진희가 우는 모습을 보고 조금 당황했다. 수련을 위해 그린 것들이라 감정의 힘이 제법 많이 들어가 있었다. 영화적인 연출 기법도 연구하면서 그렸기에 더욱 생동감 넘치는 효과를 부여할 수 있었다.

전생록이라는 이름을 붙이기는 했지만 그저 습작에 불과했다. 여운에서 빠져나온 진희가 건우를 올려다보았다.

"더 없어?"

"이거?"

"응!"

진희가 격렬하게 고개를 끄덕였다. 앞으로 전생의 기억을 정리하면서 계속 그릴 예정이기는 했다. 과거의 자신을 제대로 바라보기 위해서, 그리고 수련을 위해서라도 완성할 생각이었다. 물론, 시간이 날 때 그리겠지만 말이다.

"음, 기왕 시작한 거 계속 그려볼 거긴 한데……."

"정말?"

"근데 뭐… 대충 그려본 거라서……."

"이게 대충이라고?"

아직 제대로 완성된 것은 아니었다. 빠른 시간 내에 뽑아낸 것이라 조금 아쉬운 부분이 있었다. 건우의 작업 속도는 거의 프린트에 가까웠다. 고민과 망설임 없이 그냥 슥슥 찍어내듯 뽑아냈다.

진희는 어이없는 눈으로 건우를 바라보았다. 뭐라고 말해주려다가 푹 한숨을 쉬고는 커피를 벌컥 마셨다.

"이거 어떻게 할 거야?"

"어떻게 할 거냐니?"

"다른 사람들도 보면 좋을 것 같아."

건우는 딱히 공개할 생각이 없었다. 자신의 속을 보여주는 것 같아 조금 부끄럽기도 했다.

"글쎄."

"이 감동을 혼자 느끼기에는 좀 양심에 찔려."

"으음……."

다시 그 장면이 떠올랐는지 진희는 깊은 여운에 빠졌다. 건우는 잠시 생각에 빠졌다.

건우가 힘을 쓰는 목적은 자신을 위해서, 가족과 친우들을 위해서, 그리고 시상식이나 인터뷰를 통해 말했듯이 세상에 긍정적인 영향을 끼치기 위해서였다.

'감동이라……'

자신의 일대기가 사람들에게 감동을 줄 수 있을까?

만약 그렇게 된다면 그것만큼 보람찬 일도 드물 것이다. 자신이 헛살지 않았다는 것을 입증해 주는 것이니 말이다.

어디에 올릴 것인지가 문제였다. 플랫폼에 투고 같은 건 전혀 생각을 하지 않고 있었다. 돈은 넘치도록 많았기에 딱히 수익적인 부분은 고려 대상이 아니었다.

"내 이름으로 하기에는 좀 그래."

"응. 익명으로 하는 게 좋을 것 같아."

"그럼……."

여러모로 생각을 해보았다. 진희가 익명이 보장되는 해외 블로그 사이트를 소개시켜 주었다. '에드스타'라는 곳이었는데, 페이스클럽과 연동이 되어 접근성이 용이했다. 가장 마음에 들었던 점은 보안을 제일 중요한 사항으로 내세웠다는 점이다. 소위 말하는 무단으로 긁어가는 것이 거의 불가능한 곳이었다. 때문에 일상 블로그보다는 사진이나 그림을 올리는 곳이기도 했다.

"괜찮은 것 같네."

건우는 어디까지나 수련과 취미 범주로 생각하고 있으니 나쁘지 않은 것 같았다. 어쨌든, 사람들이 보면 좋고, 아니면 말고 라는 생각이었다. 몇 명 정도에게라도 자신의 이야기를 듣고 감동, 그리고 다른 마음들을 줄 수 있다면 그걸로 충분하다고 생각했다.

"빨리 가입하자!"

"네가 더 신난 것 같다?"

"응, 두근두근거리네. 작가님! 날 매니저로 써주라!"

"작가는 무슨……."

방향이 정해지자 일사천리로 이루어졌다. 빠르게 아이디를 만들 수 있었다.

"닉네임은 뭐로 할 거야?"

"음……"

닉네임을 정하는 과정은 생각보다 어려웠다.

잠시 고민하던 건우는 진희와 건우의 이름을 따서 '진우'라고 정했다. 자신을 생각해 주는 건우의 그런 모습에 진희가 기분이 좋은지 환한 웃음을 지었다.

'전부 내 이야기는 아니니.'

잔뜩 흥분한 진희를 바라보다가 건우는 피식하고 웃었다.

"일단 조금 고치고… 취미이니 천천히 하자."

여러 가지로 수정이 필요했다. 과거, 역사 속의 일부였지만 건우는 한국을 배경으로 비틀어 그릴 생각이었다. 오리엔탈 판타지 느낌을 내보는 것도 괜찮을 것 같았다.

주요 등장인물들의 외모도 살짝 바꿔야 했다. 그러나 남자 주인공과 여자 주인공만큼은 비슷하게 놔둘 생각이었다.

'석준이 형님도 그렇게 하고 싶은데… 리온 선배는… 그냥 바꾸자.'

진희는 이쪽 방면에 지식이 풍부한지 해야 할 것들을 이것 저것 알려주었다. 조잘조잘 떠드는 진희를 따듯한 눈빛으로 바라보며 그는 그저 고개를 끄덕일 뿐이었다.

"표지도 만들자! 내가 해볼게."

"그래."

"아! 제목은?"

"음……."

건우는 진희에게 가까이 다가갔다. 코와 코가 아슬아슬하게 닿을 만큼 가까운 거리였다.

"진우전생록."

"좀 있어 보이긴 하네?"

"당연하지."

세계가 놀랄 이야기였다.

건우의 얼굴에 웃음이 차올랐다. 품에서 느껴지는 온기만큼이나 미소는 따뜻했다.

*　　　　　*　　　　　*

나름 그럴듯하게 표지도 만들고, 제목도 멋들어지게 붓글씨 느낌이 나도록 만들었다. 재미가 붙어 꽤 집중한 덕분에 분량이 엄청나게 쌓였지만 다 풀지는 않았다. 일주일에 한 번, 아니면 그냥 생각 날 때마다 한 번씩 올리는 중이었다. 건우는 업로드를 딱히 중요하게 생각하지 않았고 블로그 관리에는 전혀 시간을 들이지 않았다.

그냥 개인 일기처럼 올리는 것이었기 때문에 별다른 홍보도 하지 않았다. 굳이 그렇게까지 할 필요도 없었고 말이다.

최근에는 특별히 신경써야 할 일이 생겨 블로그에 들어가지 않았다. 진희도 본격적인 영화 촬영에 들어간 터라 그럴 여유가 없었다.

건우는 오랜만에 외출을 하기 위해 차에 올랐다. 예전부터 추진하기로 계획했던 것을 월드 투어를 떠나기 전부터 YS를 통해 진행해 왔었다. 바로 사정이 어려운 밴드나 배우들이 마음껏 공연을 할 수 있는 무대를 만드는 것이었다.

홍대에서 제법 큰 극장을 사들여 내부를 새롭게 싹 고쳤다. 인테리어도 새로 하고 증축을 진행했다. 최대한 좋은 환경을 위해 아낌없이 투자했기에 꽤 많은 돈이 들어갔지만, 그 액수가 그렇게 크게 와닿지는 않았다.

건우는 대한민국 모든 연예인을 통틀어 이번 년도 수입이 가장 많았다. 가수로서의 수입만 따져도 세계에서 가장 많다고 봐도 무방했다.

'그러고 보니 가보는 건 처음이네.'

직원들을 뽑고 운영하려면 골치가 아팠지만 그 부분은 YS가 도와주고 있었다. 이야기가 오고가다 보니 승엽이 전체적인 총괄을 맡게 되었는데, 건우는 승엽의 꿈을 알고 있기에 말할 것도 없이 바로 맡겼다. 연기자가 되겠다는 꿈은 접었지만 그래도 그와 관련된 일을 하고 싶다는 마음은 여전했다. 연기 판을 전전해 본 경험도 있어 건우보다 이 바닥의 생리에 대해 더 잘 알고 있었다.

건우는 데뷔하자마자 스타가 되었으니, 오히려 이쪽에 대해서는 무지했다. 승엽이 이번 일을 통해 YS와 이별하며 건우 밑으로 들어온 것이지만 석준은 아주 쿨하게 보내주었다.

아무튼, 좋은 뜻으로 진행하는 일이니 석준도 많은 관심을 가지고 도와주었다. 상당 부분 투자를 하기도 했다. 연습생뿐만 아니라 인디 가수나 무명 배우들을 발굴하는 데 큰 도움이 될 것이라는 생각도 있어서였다.

홍대 근방에 도착하니 제법 큰 건물이 보였다. 기존 간판이 다 철거되어 있는 상태였고 새로이 깨끗하게 단장이 되어 있었다. GW 드림홀이라고 써져 있는 간판이 건물에 붙어 있었다. GW는 건우의 이름을 따서 붙인 것이었다. 이렇게 직접 확인해 보니 나름 디자인대로 잘 뽑혀져 나온 것 같았다.

주차장도 잘 갖춰져 있었다.

주차장에 차를 대고 빠져나왔다. 건우는 선글라스와 마스크, 그리고 후드까지 눌러쓰고 있어 대단히 수상해 보이는 차림이었다.

"아, 안녕하세요? 혹시… 이, 이건우 씨이신가요?"

기자가 다가왔다. 기자를 부른 적은 없었기에 불쾌하게 느껴질 만도 했지만 건우는 그렇게까지 기분이 나쁘거나 하지는 않았다. 다가오지 못하도록 기세를 살짝 뿌리고 있었는데, 그걸 뚫고 온 것을 보면 절박함이 대단한 것 같았다.

"실례지만 누구십니까?"

"디스저널의 홍희연 기자입니다."

건우는 그 이름을 알고 있었다.

'디스저널의……'

리온의 결혼식에서 기자들을 두고 비판 기사를 썼던 기자였다. 그 후에 많은 선후배 기자들에게 안 좋게 찍혔다는 소리까지 들려왔다. 디스저널에서 커버를 쳐주고 있기는 하지만 다른 언론사에게까지 영향을 미치기는 어려웠다.

디스저널은 YS와 우호적인 관계에 있었다.

최근 영화로 복귀하는 진희에 대한 우호적인 기사를 많이 쓴 것이 바로 홍희연 기자이기도 했다.

"아, 네. 안녕하세요?"

"잠깐 시간 괜찮으신가요?"

"네, 잠깐이라면……."

건우는 극장 안에 있는 오픈 준비 중인 커피숍으로 기자를 데려갔다. 공연 관계자가 공연을 보러 온 관객들에게 아주 저렴한 가격에 커피를 제공할 생각이었다. 이익은 생각하지 않았고, 그저 극장이 무난하게만 돌아갈 수 있는 수준이면 되었다.

아직 준비 중이었기에 건우는 가볍게 커피믹스를 타서 가져왔다. 홍희연 기자가 황송하다는 듯 커피 잔을 받았다. 건우의 건물이었기에 모습을 숨길 필요가 없어 선글라스와 마스크를 벗었다.

"곧 오픈이죠? 축하드립니다."

"감사합니다."

"죄송합니다. 이렇게 불쑥 갑자기 찾아와서……."

고개를 숙이며 말하는 홍희연 기자의 모습에 건우는 살짝 웃었다. 진희와 같이 지내면서 자신이 좀 더 부드러워지고 여유가 있어졌다고 느꼈다. 예전이었으면 바로 단칼에 쳐냈을 것이다.

자신이 오지랖이 넓어진 것이 단점이라고 생각되지는 않았다.

"죄송하시면 기사 좀 잘 내주세요."

"최선을 다하겠습니다!"

잠깐 질문을 받았다. 건우가 사들이고 리모델링한 극장은 많은 관심을 받고 있었다. 그러나 YS에서도 공식 입장을 밝힌 적은 없었다.

"극장을 사들이신 이유가 있나요?"

"상황이 어려운 분들이 마음 놓고 공연할 수 있는 곳을 만들고 싶었어요. 여러모로 힘든 상황에 처해 있는 분들이 많다는 걸 잘 알고 있습니다. 그 열정과 꿈을 펼쳐볼 수 있는 장소를 제공하자는 취지에서 만든 곳입니다."

"정말 좋은 취지인 것 같네요. 이곳에서 많은 예술가들이 탄생할 것 같습니다."

홍희연 기자가 그렇게 말하자 건우는 살짝 웃었다.

"최근에 소속사에서 독립한다는 소문이 있습니다."

"그럴 일은 없을 것 같네요. 그럴 여유도 없고 이번 일도 YS의 여러 관계자분들이 잘 도와주시고 계세요. 계약을 한 지 얼마 되지도 않았고, 설령 계약 기간이 끝났다고 하더라도 YS에 남아 있을 생각입니다."

"오스카상 남우주연상이 거의 확실시되고 있는데요. 어떻게 생각하고 계시나요?"

"그런 말들이 나온다는 것 자체가 기쁩니다. 만약 제가 타게 된다면 정말 영광일 것 같네요."

건우는 부드러운 어조로 말했다. 홍희연 기자의 질문에 약간 두서가 없었지만 건우는 대답할 수 있는 부분은 친절하게 대답해 주었다.

마지막으로 기사에 실을 사진 하나를 부탁해 한 장 찍었다.

'가끔 이런 것도 괜찮군.'

예전보다 심적으로 편했다. 기자와 좋은 인연을 만들어놓는 것도 훗날 도움이 될 것 같았다.

건우는 피식 웃고 직원 사무실로 향했다. 사무실 물품들도 거의 다 들여왔고 지금은 정리 중이었다. 직원 사무실 옆에는 따로 승엽의 개인 사무실이 마련되어 있었다.

승엽이 앉아서 컴퓨터를 들여다보고 있었다.

건우가 기척을 내고 나서야 건우가 들어온 것을 알아차렸다. 승엽이 씨익 웃으면서 건우를 바라보았다.

"오! 대표님 나오셨네요."

"대표는 무슨……."

"내 월급 주는 분이시니 깍듯하게 모셔야지. 흐흐."

건우는 피식 웃었다.

승엽이 함께하니 마음이 든든했다. YS에서도 쾌속 승진을 할 만큼 승엽은 수완이 대단히 좋았다. 워낙 붙임성이 좋고 발이 넓어 방송가에서 활동하는 사람이라면 승엽을 대부분 알고 있을 정도였다. 건우의 영향력도 어느 정도 일조를 하기는 했다. 승엽은 총책임자이니만큼 극장의 장을 맡고 있었다. 물론, YS에서도 도와주고 있어서 큰 부담이 있지는 않았다.

"아무튼 고맙다. 너 덕분에 하고 싶은 일을 하게 된 것 같아."

"뭐, 잘 모셔라. 그리고 일 못하면 바로 모가지야."

"걱정 마라."

건우는 걱정하지 않았다. 그만큼 승엽을 믿고 있었다. 그는 건우가 이 극장을 만든 이유를 잘 이해하고 있었다.

승엽은 건우가 월드 투어를 하고 쉬고 있을 동안 이곳에서

살다시피 했다. 모든 걸 하나하나 다 챙겼고, 결코 손해 보는 일이 없도록 철저하게 확인까지 했다. 책임감이 워낙 강했고, 일에 대해서는 완벽주의자인 그였다.

'나보다 훨씬 잘났지.'

전생의 기억을 찾기 전에 그를 질투했을 만큼 그는 빛나는 사람이었다.

건우는 승엽이 모니터 화면을 심각하게 바라보고 있는 것이 떠올랐다. 분명 승엽은 건우가 들어오고 나서야 시선을 돌릴 만큼 무언가에 집중하고 있었다.

"근데, 뭐 하고 있었냐?"

"아! 너 이거 아냐? 요즘 난리던데."

"뭔데?"

승엽이 모니터 화면을 돌려 건우에게 보여주었다. 건우는 뭔가 싶어 모니터를 향해 시선을 돌렸다.

'응?'

모니터에는 너무나 익숙한 것이 떠올라 있었다. 건우가 단번에 무엇인지 알아차릴 만큼 익숙했다. 당연했다. 바로 건우가 그린 그림이었기 때문이다.

"이게 난리라고?"

"어. 지금 다 씹어 먹고 있다."

물론 알려지면 어느 정도는 유명해질 거라는 걸 알고 있었으나, 벌써부터 이렇게 알려지리라고는 생각하지 못했다.

그도 그럴 것이 SNS나 블로그에서 홍보를 전혀 하지 않았고 불규칙적으로 올렸기 때문이다. 건우가 올릴 당시에는 방문자 숫자도 0에서 벗어난 적이 없었고, 이 방면에 깊은 공부를 하고 있어 최근 2주 동안 신경을 쓰지 못하고 있었다.

"이건……."

"요즘 막 검색어 순위에 오르면서 난리 났어. 뭔가 싶어서 봤더니 진짜 대박이더라. 그림이 막 살아 움직여."

"음……."

"요즘 이거만 나오기 기다린다. 이걸 알고 나니까 요즘 드라마는 뭔가 밍밍해서 못 보겠어."

승엽의 설명이 이어졌다. 처음에는 서브 컬처를 주제로 한 대형 커뮤니티 사이트에 올라왔다고 한다. 작성자가 충격을 먹었는지 횡설수설하는 듯한 설명과 함께 올라왔는데, 순식간에 퍼져나가 베스트 1위에 올랐고 블로그가 알려진 계기가 되었다.

다이버 검색어 순위에 '진우', '진우전생록'이 보였다.

"보통 보니까 금요일 4시 정도에 올리더라고. 근데 저번 주에 안 올라와서… 금단 증상이……."

"그렇게 재미있냐?"

"재미있냐고?"

승엽은 심각한 표정이 되었다. 건우는 승엽의 저런 표정을 정말 오랜만에 보았다.

"이건 재미를 넘어선 경악과 전율 그 자체야! 예술의 경지라고!"

"너 이런 거 별로 안 좋아하잖아."

"이제 좋아해. 너도 한번 봐봐!"

건우는 대충 고개를 끄덕였다. 건우의 모습은 그다지 흥미가 없는 것처럼 보였다.

"음? 어째 반응이 시원치 않다? 진희 누나도 그러더만. 리온 형이랑 겁나게 추천해 줬거든? 근데 반응이 시원치 않았어. 만화 엄청 좋아했었는데……."

"뭐… 그랬겠지."

"뭔 일 있냐?"

"아니."

건우는 피식 웃으면서 고개를 저었다. 진희는 이제 연기파 배우 반열에 들었으면서 이상하게 평소에는 거짓말을 아예 못했다. 조금 신기한 부분이기는 했다.

승엽은 얼마나 위대한 작품인지 열변을 토해냈다. 오히려 자신의 노래보다 이쪽에 더 빠져든 것 같았다.

'뭐, 괜찮겠지.'

부정적인 영향은 전혀 없으니 걱정하지 않아도 되었다. 오히려 정신적인 안정과 스트레스 해소에 많은 도움이 될 것이다.

조금 기묘한 기분이 들었다. 많은 사람이 보고 긍정적인 영향을 받았으면 좋겠다는 마음도 분명 존재했다. 그러나 막상 이렇게 관심을 받게 되니 약간 부끄러웠다. 노래나 영화가 공개될 때와는 전혀 다른 느낌이었다. 어쨌든 자신의 기억을 보여주는 것이니 말이다.

똑똑!

노크 소리가 들려왔다.

"오! 계셨네요. 후배님, 오! 승엽이~"

리온이 화환을 들고 들어왔다. 오픈 행사는 하지 않을 생각이었고, 그냥 가볍게 아는 사람끼리 모여서 술이나 먹을 생각이었다. 린다와 석준도 온다고 하는데, 안타깝게도 진희는 촬영 때문에 올 수 없었다.

"안녕하세요? 리온 형님."

"크흐, 극장장 승엽~ 멋진데?"

"하하, 원래 제가 좀 있어 보이긴 합니다."

리온의 얼굴은 밝아 보였다.

건우는 리온을 바라보면서 입을 떼었다.

"신혼인데 괜찮아요?"

"에이, 건느님 일인데 와야죠. 아내도 올 건데요."

"그렇군요."

"후배님 덕분에 가정은 언제나 평화롭습니다."

리온이 건우를 바라보며 엄지를 치켜들었다. 유난히 하얀 이가 돋보였다. 건우는 고개를 설레 저으면서 웃음을 흘렸다.

"오! 설마 최신 화가……!"

"아뇨, 안타깝게도……."

"이런… 언제까지 기다려야 한단 말인가……."

기대에 부풀어 있던 리온의 표정이 시무룩해졌다. 리온과 승엽은 금세 이야기에 빠졌다.

"크흐, 칼날 조각을 잡고 산적에게 꽂아 넣는 장면에서 전율을……!"

"나는 그 신선 같은 사람이 진짜 멋있던데. 진짜 진심 소름 돋았어."

"맞아요! 포스가 장난 아니었어요. 저도 보고 나서 한동안 꼼짝 못 했다니까요. 막 호랑이가 보이는 것 같기도 하고."

"표현 하나하나가 예술이라니까!"

"캬! 엄청나죠."

처음으로 건우는 소외감을 느꼈다. 근데, 그 소외감을 느끼게 한 것이 자신의 그림이라는 것이 재미있는 상황이었다.

'음… 들키면 곤란하겠네.'

건우는 그렇게 생각하며 고개를 끄덕였다.

건우는 무언가 일이 점점 커지고 있다는 것을 직감했다. 이 끝이 과연 어떻게 될지 대단히 궁금했다.

＊　　　　＊　　　　＊

가볍게 극장에서 오픈식을 가졌다. 오픈식이라고 할 것까지는 없고 그저 건우의 지인들끼리 모여서 술이나 한잔하는 자리였다.

특이하게도 무대 위에서 술자리가 이루어졌다.

극장은 상당히 규모가 커서 건우의 마음에 쏙 들었다. 아직 준비가 끝나지 않아 미흡한 부분도 보였지만 차차 채워질 것을 생각하니 뿌듯했다. 부디 많은 이들의 꿈이 이곳에서 이루어지길 바랐다. 그래서 진부해 보이더라도 GW 뒤에 드림홀이라는 단어를 붙인 것이다.

"오, 좋은 술인데?"

"제가 특별히 가져왔죠."

석준의 말에 리온이 술병을 들며 그렇게 말했다.

"아! 형님, 그거 보셨죠?"

"뭐? 아! 진우전생록?"

"네!"

"완전 예술이더라. 만화를 보는데 땀을 뻘뻘 흘리면서 본

건 처음이야. 갑자기 어디서 등장했대? 이 괴수 같은 화백은?
내가 장담하는데 이거 분명 엄청 뜰 거야."

자연스럽게 주제가 그리로 옮겨졌다. 석준과 리온이 워낙
만화나 영화의 마니아이기도 하지만, 건우의 진우전생록은 그
런 차원을 넘어서서 점차 태풍이 될 조짐을 보이고 있었다. 아
니, 이미 태풍인지도 몰랐다.

건우는 그들의 대화를 들으며 조용히 술을 들이켰다. 뭐라
고 할 말을 찾지 못했다.

'음, 확인해 볼까?'

건우는 잠시 화장실에 갔다 온다고 하며 자리에서 일어나
밖으로 빠져나왔다. 그리고 핸드폰을 확인했다.

오랜만에 블로그에 로그인하자 알림이 엄청나게 와 있는 것
이 보였다. 2주 전에 방문자 숫자가 아예 없었던 것에 비교한
다면 하늘과 땅 차이였다.

메시지도 무수하게 와 있었다.

─안녕하십니까? 라이언 웹툰 편집장 배용길입니다. 작가
님의 작품 '진우전생록'을 보고 연락드립니다. 저희 다이버 웹
툰은 국내 최대의 플랫폼으로…….

…(중략)…

진우 작가님!

작가님과 꼭 이야기를 나누고 싶습니다. 편하실 때 연락 주시면 바로 찾아가겠습니다.

연락 기다리겠습니다.

감사합니다!

이런 메시지가 꽤 많이 쌓여 있었다. 그리고 블로그 방문자들에게서 온 메시지도 많았다.

kane223: 이거 보려고 에드스타 가입했어요. 제발 연재해주세요! 제발, 제발, 제발!

lee_sui: 무슨 일이 생기신 게 아닐까 심히 걱정됩니다.

eatall33: 요즘 이것만 기다리고 있어요. 돈 내고 볼 수 있다면 한 편에 만 원이라고 해도 볼 겁니다.

lovewo88: 사랑합니다!

oasun: 다음 편 보고 싶어 죽을 것 같아요.

건우는 한동안 메시지를 살펴보았다. 너무 많아서 다 볼수는 없었지만 진심 어린 메시지에 절로 미소가 그려졌다.

블로그 방문자가 말 그대로 폭주하는 상태였다. 댓글은 너무 많아 훑어보는 것만으로도 꽤 오래 걸렸다.

악플이 거의 없는 것이 눈여겨볼 만한 점이었다. 설령 조금

안 좋은 내용이 달리려고 하면 리플로 엄청나게 반박하는 댓글이 달렸다. 상처를 받고 이대로 영원히 안 올라오면 어쩌지 하며 걱정이 들 정도였다.

'설마 이렇게 빨리 관심을 받을 줄은……'

분량이 조금 많기는 하지만 아직 6화였다.

건우가 이용하고 있는 에드스타는 한국에 들어온 지 얼마 되지 않다 보니 비교적 잘 알려지지 않은 편이었다. SNS랑 자동 연동이 되다 보니 해외에서는 꽤 유명했다.

진희가 추천해 준 이유가 있었는데, 보안으로도 확실했고 해외 업체다 보니 해외 쪽에서 접근하기가 다른 블로그에 비해 훨씬 쉬웠다.

'다른 나라 언어로도 올려볼까?'

영어, 중국어, 일본어, 불어만 하더라도 현지인 수준이라 충분히 가능하기도 했고 번역본이 아니더라도 지금 현재 다른 나라에서도 검색어 순위를 치고 올라가는 중이었다.

―진우 작가가 방금 내 메시지 읽었음!

―와! 드디어!

―업데이트되는 각인가?

―제발 빨리!

―일주일째 후유증에 시달리고 있어요!

이러한 이유였다. 메시지를 확인하면 알 수 있는 구조다 보니 일어난 일이었다. 건우는 다이버에서 '진우전생록'을 검색해 보았다.

'많네.'

많은 글들이 좌르륵 나왔다. 특히 서브 컬처계에서 제일 유명한 대형 커뮤니티인 엘웹에서 난리도 아니었다. 따로 진우전생록 게시판이 생길 정도로 엄청난 관심이 집중되고 있었다. 건우가 메시지를 읽었다는 글들이 계속해서 올라오고 있었다. 재미있는 점은 이건우 게시판도 보인다는 점이었다.

건우는 천천히 게시판을 둘러보았다.

제목: 한국 만화의 희망

본인은 수많은 만화와 소설을 섭렵하고 개인적으로 5만 권의 서적을 보유한 사람임. 괜찮은 작품들로만 엄선했음.

[서재 인증.JPG]

이사할 때 힘들어 뒤지는 줄ㅋㅋ.

일본이나 해외의 명작은 당연히 보유 중임. 진짜 비닐도 뜯지 않고 고이 모셔놓고 있었는데, 다 부질없음ㅋㅋ.

근데… 와, 진짜 이제는 딴 거 못 봐.

진짜 보는 내내 소름 돋는 작품은 진우전생록이 처음임.

진짜 눈물이 절로 나오고, 특히 산적들 나오는 장면은 진심으로 두려워서 덜덜 떨렸음. 진심 미친 예술 작품이야. 아니, 이미 예술을 초월한 영역에 닿아 있음.

해외 사이트에서도 난리 났더라. 벌써부터 '골든 시크릿'에 버금간다는 이야기까지 나오고 있어ㅋㅋ.

내가 보기엔 진우 작가는 분명 이름 있는 중견 작가임. 안 그러면 이런 퀄리티가 나올 수가 없다. 게다가 그냥 무료로 푸는 쿨함 보소ㅋㅋㅋ. 상업적으로도 일찍이 성공한 작가가 분명함.

요즘 연재가 늦어지는 이유는 간단하다. 어떤 작가가 달라붙더라도 저건 월간 연재로도 못 뽑는 퀄리티야.

그럼 봐. 만화뿐만 아니라 기존의 날고 긴다는 일러스트 모조리 씹어 먹음. 이건 수십 년 내공이 있어야 겨우 가능할걸? 선 하나하나 예술임. 집중과 생략, 그리고 약간의 펜 터치를 남기는 것만으로도 감동을 주고 있어.

난잡하지 않고 컷마다 주제가 명확해서 쉽게 읽히기도 해. 그림을 보고 압도당한 적은 이번이 처음이야. 감히 말하자면 만화계뿐만 아니라 지금 화가라고 말하는 사람들도 충격 좀 받을 거야.

진짜 억만금을 주고서라도 계속 작품 활동 하실 수 있게 해야 함. 작가님께 후원만 보낼 수 있다면 진짜 힘내라고 보내

드리고 싶네.

계좌만 알려주시면 내 돈 다 드릴게요.

제발 연재 좀…….

댓글 1,321

히메코: 진짜 괴수야. 작화가 말도 안 돼. 작화라고 부르는 게 민망할 정도임.

판서: 진짜 원톱이다. 스토리텔링 이딴 걸 언급하기도 미안해.

아이: 근데, 왜 플랫폼 안 거치고 해외 블로그에다가 올림?

—Re: karas: 마케팅 때문이 아닐까?

—Re: 쓸데없는팩트: 그건 아닐 듯. 그냥 취미가 아닐까?

—Re: 아이: 미친ㅋㅋ. 누가 취미로 그렇게 그려ㅋㅋㅋ.

—Re: 냉정한똥개: 취미로 지구 정복할 기세네ㅋㅋ.

구로동: 아, 진짜 중독되어서 맨날 보러감. 연재해 주세요ㅠㅠ. 차라리 유료로 해주세요! 제 지갑을 제물로 바칠게요.

금수하늘소: 나 원화 쪽에 있는데, 우리 쪽에서도 난리 났음ㅋㅋ. 국내 원화가 모조리 씹어 먹을 필력임.

건우는 웃으면서 모두 살펴보았다.

자신이라는 걸 모르는데, 이렇게 극찬과 관심을 받는 것도 상당히 즐거웠다. 이미 거대해져 버린 이건우라는 이름에서 벗어난 것 같아 개운하게 느껴지기도 했다.

'음… 좀 더 신경 써볼까?'

뜨거운 반응에 기쁘지 않는 것이 이상했다.

이런 반응을 보니 조금 더 신경 쓰고 싶은 욕구가 치솟았다. 어쨌든 자신의 일대기였고, 공개를 했으니 말이다. 아직까지는 딱히 플랫폼으로 진출하고 싶은 생각은 없었다. 정체를 들키고 싶지 않았다. 그저 이건우라는 이름 없이 온전히 바라봐 주기를 바랐다.

'어디까지나 취미 정도이니……'

플랫폼으로 옮기면 접근성이 급격히 떨어지니, 차라리 이렇게 많은 사람들이 보는 것이 더 좋았다. 건우는 천천히 생각해 보기로 하고 다시 술자리에 합류했다.

"왜 이제 와? 진희랑 통화했냐?"

"하하……."

건우는 웃음으로 얼버무렸다. 석준이 씨익 웃으면서 술잔에 술을 따라주었다. 다들 꽤 취해 있었다.

"형님, 그림에 음악이 들어가면 어떨 것 같나요?"

"응? 뭐, 좋겠지?"

"그래요?"

"왜? 그림이라도 그려볼라고? 야, 하루 이틀 해서 되겠냐."

"그렇겠죠?"

석준은 그렇게 말하며 술잔을 기울였다.

좋은 분위기 속에서 좋은 사람들과 오랜만에 즐겁게 이야기를 했다.

"건우의 오스카상을 위해서 한잔합시다!"

"크흐! 후배님, 그 상은 후배님 겁니다! 후배님 말고 누가 타겠습니까? 크흐! 역대 최고 흥행기록! 그 주인공인데요!"

"그렇지! 우리 건우 말고는 없지! 캬~ 좋네! 좋아!"

건우도 물론 그렇게 생각하고 있기는 했다. 아무리 생각해봐도 받을 사람이 자신밖에 없었다. 그래도 티는 내지 않으면서 술을 마셨다.

이날 4차까지 가고 나서야 건우는 집에 들어갈 수 있었다.

4. 오스카상

건우는 여전히 그림에 푹 빠져 지냈다.

분량이 쭉쭉 쌓였지만 일주일이나 격주에 한 번씩 올렸다.
그래도 꽤 규칙적인 시간에 올렸기에 그날만 되면 검색어 순
위권에 늘 올랐다. 이제는 그런 관심을 순수하게 즐기게 되었
다. 노래로 정점을 찍었을 때와는 다른 매력이 있었다. 착실하
게 인지도를 쌓아간다는 느낌이 제법 좋았다.

그의 스승과 만나며 수련을 하는 과정을 자세히 그렸다. 그
추억은 건우의 기억 속에서 찬란하게 빛나는 시간이었다.

많은 것을 배웠고, 지금도 그의 삶에 지표가 되어주고 있었

다. 건우는 자신이 느꼈던 따듯한 감정을 보는 이들이 느끼길 바랐다. 스승님의 가르침이 사람들에게도 전해지길 바랐다.

'많은 이들이 보고 있으니 좋은 영향을 끼쳤으면 좋겠네.'

보는 이들로 하여금 힐링받는다는 느낌을 주었으면 했다. 그리고 자신의 일대기를 따라 감정을 공감해 줬으면 했다. 그러나 역시 그림만으로는 한계가 있었다. 콘서트에서 했던 것처럼 마음 깊은 곳까지 파고들기 위해서는 다른 수단도 필요했다.

건우는 음악을 더해보기로 했다. 보컬이 들어가지 않는 음악은 처음 시도해 보는 것이었지만 건우는 자신이 있었다.

'내 목소리가 없는 음악에도 감정의 힘을 담을 수 있을까?'

만약 그럴 수 있다면, 영화나 드라마, 그리고 앨범에 이르기까지 새로운 지평을 열지도 몰랐다. 새로운 분야를 접하고 점점 자신이 발전하는 것을 느꼈다.

건우는 오랜만에 작업실로 들어갔다. 일단 기타를 잡고 연주해 보았다. 그림에서 한번 경험해 보았기에 무리 없이 감정의 힘을 담을 수 있었다. 하지만 악기를 통하는 것이 아닌 미디 작업만으로는 아직까지 힘들었다.

'이 정도만으로도 수확이 있어.'

건우는 씨익 웃으며 즉흥적으로 곡을 만들었다. 그림과 무척이나 잘 어울릴 만한 곡이었다. 그림과 음악에 들어간 두 감정의 힘이 서로 교차하며 강력한 시너지를 낼 것이 분명했다.

'연구하다 보면 정말 몸과 마음을 치유해 주는 그런 노래를 만들 수 있겠어.'

그렇게 된다면 세상이 좀 더 아름다워지지 않을까?

악기와 목소리, 그 둘에 모두 담는다면 무리가 아니었다. 연기 쪽으로도 응용하는 방법을 생각해 볼 수 있었다. 전반적으로 건우가 제작에 관여해야 했지만, 노력한다면 가능할 것 같았다. 건우는 영화 제작자로서도 욕심이 생기기 시작했다.

기타 작업 후에 가볍게 보정한 후, 그림과 매치해 보았다. 그의 입가에 미소가 그려졌다. 이 순간만큼은 추억으로 빨려 들어가 그 자리에 다시 서 있는 것 같았다. 생각보다 시너지 효과가 좋았다. 건우의 눈가에도 살짝 눈물이 맺혔다. 블로그에 들어가자 방문자가 몇 배로 늘어난 것을 볼 수 있었다. 한국어뿐만 아니라 영어 탭도 따로 만들어놓았기 때문인지 해외 유입도 상당했다.

접근성이 불편한데도 찾아오는 걸 보면 그 중독성이 얼마나 심한지 알 수 있는 부분이었다. 보안을 강점으로 내세운 에드스타였기에 방문해서 보아야만 했다.

'무슨 방문자 숫자가……'

하루 방문객이 수만이었던 게 수십만으로 불어났다. 아주 가파른 상승세였기에 앞으로 얼마나 늘어날지 예측하기 어려웠다.

압박감을 느낄 만도 하지만 건우는 그냥 많구나 하고 느낄 뿐이었다. 이미 전 세계의 수많은 사람들이 자신의 노래를 듣고 있으니 이 정도는 아무 것도 아니었다.

에드스타는 한국에서 그리 유명하지는 않았지만 건우 덕분에 가입자 수가 급격히 불어나고 있었다. 갑작스럽게 유입이 많아지자 에드스타 측에서도 주의 깊게 지켜보고 있는 모양이었다. 구독을 해놓으면 게시물이 올라갈 경우 알려주는 기능이 있어 그러했다. 건우는 이번 화를 배경음악과 함께 업데이트했다.

—어울리는 음악을 한번 만들어 보았습니다.

그렇게 코멘트를 남겼다. 지금까지 건우의 블로그에는 인사말이 올라온 적조차 없었는데, 최초로 남긴 코멘트였다.

'후, 이제 미국 갈 준비를 해야지.'

정신을 차리고 보니 벌써 아카데미 시상식이 코앞으로 다가와 있었다. 시상식만 참여하는 게 아니라 라인 브라더스 픽처스에도 들러야 했다. '골든 시크릿' 2부에 들어갈 영상을 찍어야 했기 때문이다. 라인 브라더스 픽처스에서는 건우의 시간을 최대한 배려해 맞추었다.

'감독님의 입지가 조금 불안하다고 했던가?'

워낙 1편 흥행이 대박을 쳤기에 2편에도 많은 기대를 걸고 있지만, 만약 조금이라도 부진을 하게 된다면 크리스틴 잭슨 감독은 지휘봉을 내려놓아야 할지도 몰랐다. 이번에는 1편보다 더욱 많은 투자가 이루어져 미국 영화 역사에서도 손꼽히는 제작비가 들어갔다고 하니 말이다. 라인 브라더스 픽처스의 관여가 극심하다고 한다.

요즘 자주 신세 한탄을 해온 크리스틴 잭슨 감독이었다.

잠시 커피를 한잔하고 오니 알림이 엄청나게 와 있었다.

─와… 눈물 흘렸음.

─배경음악 대박! 미친 감성…….

─음악 공유 되나요? 계속 듣고 싶어요.

─진우 화백님, 만수무강하시옵소서.

─그림과 음악의 절묘한 조화… 진 화백님 당신은 도대체…….

─그림뿐만 아니라 음악까지, 헐…….

─뭐 하시는 분이세요? 신이세요?

건우는 이제 작가를 넘어 화백으로까지 불리고 있었다. 점점 스케일이 커져가니 YS에 알려야 하나 고민이 되기는 했다.

일단 아카데미 시상식 이후에 생각하는 것이 좋을 것 같았다.

촬영장에 있는 진희와 톡을 했다.

진희: 방금 봤는데, 완전 감동했어. 배경음악도 만든 거야?

건우: 응. 간만에 작업해 봤어.

진희: 어째 점점 스케일이 커지는 것 같네. 미국 가지? 내가 안 가도 괜찮겠어?

건우: 보고 싶으면 오시던가.

진희: 응, 가야겠어.

영화 촬영만 아니었다면 몰래라도 올 기세였다. 건우는 안타까워하는 그녀를 달래주다가 웃음을 터뜨렸다.

*   *   *

아카데미 시상식도 LA에서 열렸다. 정확히 말하자면 미국 LA 돌비 극장에서 열린다. 큰 이동 없이 LA에서 모든 일정을 소화할 수 있어 좋았다. 덕분에 스케줄을 맞추기 용이했다. 라인 브라더스에서는 건우와 스케줄을 맞추기 위해 많은 노력을 했다. 건우 같은 거물급 스타를 움직이게 하기 위해서는 그 정도 노력은 필수였다. 막말로 건우가 한국에서 촬영하자고 했어도 한국으로 왔을 것이다.

건우의 영향력이 너무 막대해서, 건우가 저번에 잠깐 신었던 신발이 미국 청소년들 사이에서 큰 유행이 될 정도였다. 건우의 몸짓, 패션 하나하나가 곧 유행이었다. 오히려 한국보다 해외에서 더 그런 경향이 있었다.

건우는 조용히 LA에 입성하고 싶었지만 그럴 수 없었다. 아카데미 시상식 때문에 미국에 간다는 것은 모두가 알고 있는 사실이었다.

공항 행사.

이제는 그렇게 불러야할 요란한 행사를 지나 LA공항에 도착했다. 환영 인파를 겨우 헤치고 나서야 차에 오를 수 있었다.

"오랜만입니다."

"네, 그러네요. 오랜만에 뵙습니다."

"하하, 오실 때마다 요란하군요. 좋은 현상입니다."

마이클이 마중 나와 있었다. 이제 국제 일정에 대해서는 UAA가 전적으로 담당하고 있었다. 마이클이 대단한 에이전트였지만 UAA의 최대 고객이 건우였기에 마중 나오는 건 당연했다. 예전에는 UAA에 소속된 건우였다면 지금은 건우가 소속된 UAA 에이전시라고 불리고 있었다.

"아! 일본에서 찍은 홍보 영상 봤습니다. 잘 나왔더군요. 아주 반응도 좋고요. 계약에 관련해서 조금 문제가 있었지만 잘 해결되었습니다."

"그렇군요. 갑작스럽게 생긴 일정이라 죄송했습니다."

"아니요. 그런 일을 하라고 제가 있는 건데요. 도덕적이고 윤리적인 범위 내에서라면, 부디 부담 갖지 말고 사고를 쳐주세요. 그렇게 해주시는 게 저를 위한 일입니다. 그리고 팬들을 위한 서비스이기도 하지요."

건우는 대통령이나 탈 법한 차량을 타고 먼저 호텔로 향했다. 호위 병력이라 불러야 할 만큼 건우를 호위하는 경호원들이 많았다. 영국에서의 사건 때문에 각별히 신경 쓰고 있었다.

건우는 LA의 풍경을 눈에 담았다. 마치 태평양처럼 넓게만 느껴지던 LA가 옆 동네처럼 느껴졌다.

"이제는 LA가 좁게 느껴지지 않나요?"

"음, 네. 그냥 옆 동네 같네요."

"그게 바로 스타가 되었다는 증거이지요."

마이클은 건우를 바라보았다. 잘은 몰랐으나 건우가 달라진 것이 느껴졌다. 전에는 강력한 존재감을 품고 있었다면 지금은 가만히 있어도 모두를 아우르는 카리스마가 느껴졌다.

건우는 현재 역사적인 대기록을 눈앞에 두고 있는, 정말 대단한 스타였다.

'얼마나 더 위대해질까?'

건우는 이제 20대 중후반이었다.

이제 시작이라는 생각이 드는 것은 마이클만의 착각은 아닐 것이다.

*   *   *

건우는 휴식 후 바로 라인 브라더스 픽처스를 방문했다. 첫 방문 때와 다른 점이 있다면 건우가 찾아가는 대신 라인 브라더스 관계자들이 먼저 나와서 환영해 주었다는 점이었다. 건우는 가볍게 이야기를 마치고 크리스틴 잭슨 감독을 만났다.

피곤한 기색이 가득한 크리스틴 잭슨 감독이 건우를 보자 활짝 웃으며 환영해 주었다.

"건우, 여기서 만나니 기분이 좋구만."

"고생이 심해 보이네요."

"말도 마. 어제 뉴질랜드에서 날아왔어."

"응? 어제요?"

크리스틴 잭슨 감독은 고개를 끄덕였다.

"몇몇 부분이 삭제될 것 같아. 그래서 재촬영을 하고 회의를 길게 해야 했지. 후우……."

"최종 편집권은 감독님께 있는 게 아니었나요?"

"물론, 그렇지만… 어쩔 수 없는 부분도 있으니……."

감독은 고개를 설레 저었다. 압박감이 심한 모양이었다. 풍만하던 그의 몸집이 마르거나 그러지는 않았지만 확실히 힘들어하는 것이 보였다.

"네가 있었을 때가 좋았어. 어휴, 조나단도 떠나갔고… 덕분에 현장 분위기도 어수선했어."

"조나단도요?"

"마찰이 좀 있었거든."

크리스틴 잭슨 감독이 라인 브라더스 사무실이 있는 건물을 슬쩍 가리키며 그렇게 말했다. 건우가 생각하기에 조나단은 LA, 아니 세계에서도 손꼽히는 스턴트 코디네이터였다. 건우의 영향을 받아 더욱 성장한 그를 대체할 수 있을지 의문이었다.

"미안해. 너를 이런 식으로 이용하고 싶지는 않았어."

"아니에요. 뭐, 친구 좋다는 게 뭔가요."

"그래. 정말 고마워."

크리스틴 잭슨 감독이 눈시울을 붉혔다. 건우는 그의 어깨에 손을 올리며 위로해 주었다. 건우는 그를 영화를 가르쳐 준 스승으로 생각하고 있었다. 그가 힘들어하니 건우의 마음도 좋지 않았다.

'마음이 여리고 사람들에게 독하지 못한 것이 단점이기는

하지만……'

다르게 생각해 보면 그게 특별한 장점이기도 했다. 건우는 피식 웃으면서 옆에 세워져 있는 이동용 카트로 다가갔다. 능숙하게 시동을 걸고는 크리스틴 잭슨 감독에게 손짓했다.

"오늘은 제가 모시지요."

"크흐, 월드스타 이건우를 운전기사로 쓰다니 나도 출세했구만."

"그럼요. 세계에서 제일 뛰어난 명감독 아니십니까?"

"하하! 맞아! 내가 바로 크리스틴 잭슨이지."

건우가 처음 이곳에 왔을 때는 크리스틴 잭슨 감독이 운전을 하면서 많은 것을 알려주었다. 지금은 건우가 운전을 하게 되었다.

기분 전환 겸 크게 돌아갔다. 라인 브라더스 투어에 이용되는 '골든 시크릿' 세트장도 보았다. 뉴질랜드에 있던 것을 그대로 옮겨온 모양이었다.

'하나의 문화라고 봐도 무방하지.'

'골든 시크릿'은 세계에 큰 영향을 미칠 정도로 영향력이 있는 하나의 문화를 창조해 냈다. 건우는 그것이 대단하다고 생각했다.

건우의 출연 분량을 촬영하기 위해 편성된 세트장이 있는 곳으로 향했다. 거대한 블록 모양의 건물들은 언제 봐도 신기하게 느껴졌다.

영화를 찍어내는 공장.

이것보다 어울리는 표현이 있을까? 건우는 카트를 앞에 대
놓고 큰 건물 앞에 섰다. 그러고는 크리스틴 잭슨 감독을 바
라보면서 두 팔을 벌렸다.

"웰컴 투 할리우드."

크리스틴 잭슨 감독이 했던 것처럼 건우가 똑같이 말하며
자세를 취하자 크리스틴 잭슨 감독은 웃음을 터뜨렸다.

"그래, 이런 곳이 할리우드지. 영화 때문에 울고 웃는
곳……. 가자! 뭐, 그냥 놀다 가는 거라고 생각해. 재미있게 해
보자고."

"돈 받고 할리우드 투어도 하고 좋네요."

"지금 누가 할리우드에 왔는데? 할리우드가 알아서 모셔야
지."

크리스틴 잭슨 감독이 기운을 되찾았다. 평소의 그로 돌아
와 다행이라는 생각이 들었다. 건우는 '골든 시크릿'에 애정이
있었다. 생애 첫 영화니 당연했다. 2부도 무사히 흥행하기
를 바랄 뿐이었다.

"오늘 촬영은 간단하니 스태프들은 별로 없죠?"

"흐흐, 일단 와봐."

짧은 회상 신을 찍는 것이니 별로 없을 것 같았다.

건우는 크리스틴 잭슨 감독을 따라 건물 안으로 들어갔다. 건우는 의외의 풍경에 깜짝 놀랐다. 영화 촬영 때에 비해서 분명히 스태프는 적었지만 주요 스태프들의 모습이 보였다. 뿐만 아니라 주연배우들도 전부 와 있었다.

짝짝짝!

건우가 오자 박수를 쳐주었다. 그러고는 왕을 대하듯이 깊게 인사하는 퍼포먼스까지 보여주었다.

"어서 오십시오, 폐하!"

"중간계에 강림하신 것을 진심으로 환영합니다!"

에란 로비를 포함한 엘프팀들도 보였다. 뉴질랜드 촬영 일정으로 피곤할 텐데도 나와준 것이 고마웠다.

"건우! 보고 싶었어요."

"다시 봐서 좋네요!"

스태프들이 그렇게 말해왔다.

"역시 자네를 보니까 영감이 팍팍 오는구만."

"거참, 자주 좀 놀러오게나."

미술팀 아티스트들도 보였다.

스태프들과 배우들은 크리스틴 잭슨 감독과 마찬가지로 고생이 심한 티가 났지만 그래도 활짝 웃으면서 건우를 맞이해주었다. 건우는 웃으면서 손을 흔들었다. 모두를 이렇게 보게 되니 대단히 반가웠다.

건우는 모두와 가볍게 이야기를 나눴다. 근황 이야기를 하다 보니 약간 동창회 비슷한 분위기가 났다. 따지고 보면 그렇게 오래되지는 않았지만, 모두 건우를 대단히 그리워했다는 것을 잘 알 수 있었다.

그들의 눈빛에는 모두 건우에 대한 그리움이 깃들어 있었다.

그러한 느낌이 나는 가장 큰 이유는 요즘 촬영 분위기와도 많은 연관이 있었다. 역대 최고의 성적을 기록한 '골든 시크릿' 1부의 중심에는 크리스틴 잭슨 감독, 그리고 배우 중에서는 건우가 있었다. 촬영 당시에는 느끼지 못했지만 건우를 중심으로 똘똘 뭉치며 촬영이 진행되었다.

건우의 압도적인 존재감과 카리스마가 배우들을 자연스럽게 이끈 것이다. 건우가 분위기를 주도했고 촬영 전반에 아주 긍정적인 영향을 끼쳤다. 모두 한마음 한뜻으로 촬영에 임하니 속도뿐만 아니라 결과물도 대단히 좋았다. 물론 건우의 힘이 크게 작용을 했지만 말이다.

건우는 오히려 현장을 지휘하는 크리스틴 잭슨 감독보다도 더 많은 영향을 끼쳤다. 그 부분에 대해서는 크리스틴 잭슨 감독이 더 잘 알고 있었다.

건우가 있을 때는 무슨 일이 생기든 좋은 분위기 속에서 촬영이 이루어졌다. 배우들의 불만이 생기거나 할 때면 자연스

럽게 건우가 나서서 진정시켰고 배우들도 건우를 알게 모르
게 상당히 의지했다. 특히 액션신에서는 모든 스태프와 배우
들이 전적으로 신임했다. 게다가 건우가 다른 이들의 고민 상
담까지 해주는 모습을 보았던 크리스틴 잭슨 감독이었다.

그저 지나치면 그만인 스태프들의 이름, 그들의 가족들까지
다 기억하는 모습은 감동을 주기에 충분했다.

'배우가 하나 빠졌을 뿐인데…….'

정밀하게 돌아가는 기계에서 굉장히 커다란 톱니바퀴 하나
가 빠진 것처럼 버벅거렸다.

크리스틴 잭슨 감독은 배우 그리고 스태프들과 웃으면서 이
야기하는 건우를 바라보며 생각에 빠졌다.

'골든 시크릿' 주연급 배우 중에서는 건우만 빠지고 나머지
배우들은 모두 2부에 출연하는 중이었다. 크리스틴 잭슨 감독
은 1부와 마찬가지로 잘 이끌어 나갈 자신이 있었지만, 직접
촬영에 들어가자 삐걱거림을 느꼈다. 중심축이 사라진 느낌이
었다. 영화 내용의 간섭도 힘겨웠지만 여러 가지 잡음에 영향
을 받아 분위기가 어수선한 촬영 현장이 더욱 힘들었다.

크리스틴 잭슨 감독이 카리스마를 보여주며 사람들을 휘어
잡는 스타일이 아니었기에 더욱 그러했다.

'본래 할리우드가 그런 곳이었지. '골든 시크릿' 1부 때가 이
상했던 거야.'

자본에 의해서 굴러가는, 철저히 돈을 위한 동네였다.

크리스틴 잭슨 감독은 그렇게 생각했다.

지금 웃고 있는 건우를 보는 것만으로도 벌써 분위기가 좋아지고 있었다. 마치 즐겁게 촬영했던 그때로 돌아간 것 같았다. 크리스틴 잭슨 감독의 얼굴에도 그리움이 서렸다.

'다시 한번 같이 작업해 보고 싶네.'

그때의 소름과 전율을 다시 느껴보고 싶었다. 그에게 있어 건우는 아주 좋은 친구이기도 했지만, 자신의 한계를 뛰어넘게 해준 명배우였다. 건우의 모습을 보니 크리스틴 잭슨 감독은 괜히 눈시울이 붉혀졌다.

"자자, 이제 준비하자. 바쁘신 대배우 모셔놓고 놀 수는 없지."

크리스틴 잭슨 감독이 박수를 치며 그렇게 말했다. 촬영 내용에 대해서는 숙지하고 있었지만 다시 한번 이야기를 나눌 필요가 있었다.

건우는 일단 분장을 먼저 받기 시작했다.

건우는 분장을 받으며 촬영 콘티를 훑어보았다. 크리스틴 잭슨 감독과 함께 촬영에 대해서 이야기를 했다.

"이런 경우는 어떻게 연출해요?"

"응? 감독에 따라 다른데, 나 같은 경우에는 인물과 인물 간의 구도에 좀 더 초점을 맞추는 편이야."

"아, 그럼 카메라워크는……."

건우는 평소에 궁금했던 것들을 물어보았다. 요즘 들어 생긴 궁금증이었다. 취미 생활을 하다 보니 생긴 것들이었는데, 국내의 책들로는 갈증을 해소할 수 없었다.

크리스틴 잭슨 감독은 그런 건우의 궁금증을 금방 해소시켜 주었다. 분장 시간이 꽤 길었기에 건우는 다양한 질문을 할 수 있었다.

"영화 제작에도 관심이 있나 봐? 아무래도 배우니 당연한 거겠지만……."

"그냥 좀 궁금했어요. 알아두면 좋잖아요? 앞으로 어떻게 될지 모르니."

"아! 잠깐만!"

크리스틴 잭슨은 분장실을 나가서 누군가 데려왔다. '골든 시크릿' 미술팀을 책임지고 있는 스톤 브러시였다. 그는 북미 제일가는 일러스트레이터였다. 떠오르는 미술감독이기도 한 그는 이번 오스카 미술상에 노미네이트되기도 했다.

현재 시상식 때문에 LA에 있었는데, 건우를 보러 여기까지 온 것이었다. 건우와도 친분이 있어 꽤 편한 사이였다.

"오! 건우, 기다리고 있었네! 내 도움이 필요한가? 오오! 크흐, 역시 자네는 엘프가 어울려. 음, 전보다 더 완벽한 엘프로서 각성한 것 같군! 평생 그 모습으로 살아주면 안 되겠나?"

"이 친구가 건우, 자네를 엄청 그리워했어."

"아니지. 우리 모두가 그랬지. 우리 모두가 요정왕을 그리워했다네. 하하하!"

그는 여전히 쾌활했다. 크리스틴 잭슨 감독의 부탁을 듣고 그가 가지고 온 것은 수백 장을 넘어서는 컨셉 아트들이었다. 물론 종이에 그려진 그림이 아니었고 그의 개인 태블릿 PC에 저장되어 있는 그림이었다.

건우는 스톤 브러쉬, 그리고 크리스틴 잭슨 감독과 함께 진중한 이야기를 나누었다. 건우는 둘의 깊은 내공에 감탄하지 않을 수 없었다. 영화에 있어서 미술의 영역이 대단한 부분을 차지하고 있음을 다시 한번 깨달을 수 있었다.

'유익하네.'

이런 선생님들이 있는 학교라면 매일 다니고 싶었다.

지식은 쌓을 수 있어도 경험은 직접 부딪혀 봐야 했다. 그들이 해주는 말들은 건우에게 무척이나 도움이 되었다. 디자인, 연출 기법이나 장면 전환, 그리고 전반적인 진행에 대해서 알 수 있었다. 건우가 관심 있는 모든 분야에 도움이 될 것 같았다.

건우는 한층 더 집중해서 둘과 이야기를 나누었다. 그렇게 한동안 이야기를 나누던 때였다.

'음?'

무언가 기묘한 감각이 건우를 붙잡았다.

열정이 피부로 느껴졌다. 크리스틴 잭슨 감독과 스톤 브러쉬에게서 뿜어져 나오는 뜨거운 열기가 피부에 와닿고 있었다. 그들의 찬란한 재능이, 그리고 쏟아부은 노력이 마치 색채로서 다가오는 것 같았다. 감정을 보는 것과는 다른 느낌이었다.

'이건……'

그렇게 생각하자 무언가 의식이 확장되는 것 같은 감각이 들었다. 그림을 그리면서 느꼈던 그 감각이 갑작스럽게 밀려들어 왔다. 눈이 새롭게 생겨난 것 같은 감각에 건우는 살짝 당황했다.

'상단전……?'

미동도 없던 상단전이 조금씩 미동하는 것이 느껴졌다. 그것은 과거의 그조차 닿지 못했던 곳이었다. 잠시 어지러움이 느껴졌다.

"응? 괜찮아?"

건우가 살짝 인상을 쓰며 얼굴에 손을 올리자 크리스틴 잭슨 감독이 걱정하며 건우를 바라보았다. 건우는 고개를 끄덕이고 크리스틴 잭슨 감독을 바라보았다.

"네, 괜찮……"

크리스틴 잭슨 감독을 바라본 순간 건우는 잠시 말을 멈추었다. 그의 주위로 색채의 오로라가 보였다. 감정을 보는 것과는 달랐다.

그것이 무엇을 뜻하는 것인지 단번에 알아차렸다.

그가 살아오면서 쌓아온 것들, 개화된 충만한 재능이 시각화되어 보이고 있었다.

'알 것 같아.'

건우는 집중해서 바라보았다. 전신에 충만하던 내력이 급속도로 소모되는 것을 느꼈다.

모든 것들이 느껴지고 보이는 건 아니었다. 그러나 건우가 직접 겪었던 분야, 스스로 발전시키려고 노력한 분야에 대해서는 확실하게 느껴졌다.

크리스틴 잭슨 감독 같은 경우에는 노래와 관련된 쪽의 색채는 전혀 보이지 않았지만 연기 쪽은 찬란하게 빛나고 있었다. 또한 감독으로서의 그는 황금빛으로 타오르고 있었다.

건우는 대단히 멋진 모습이라고 생각했다.

스톤 브러쉬는 노래와 연기, 둘 다 보이지 않았다. 아직 미술 쪽의 공부가 부족해 자세히는 알 수는 없었으나 그럼에도 그가 얼마나 그 분야에 위대한 재능을 지니고 있는지, 노력을 해왔는지가 어렴풋이 느껴졌다.

'내력과 심력의 소모가 엄청나.'

건우는 의식의 확장을 닫으려고 노력했다. 처음에는 조절이 되지 않아 힘이 들었지만 간신히 닫을 수 있었다.

눈꺼풀이 닫히는 것처럼 서서히 닫혔다.

창백해진 건우의 표정을 본 크리스틴 잭슨 감독이 다시 걱정스럽게 건우를 바라보았다. 건우의 그런 모습을 처음 보는 터라 걱정이 더 심했다.

"오늘 촬영은 취소하는 게 나을 것 같아. 안색이 안 좋아 보여."

"괜찮아요."

"음… 그럼 무리일 것 같으면 언제든지 이야기해 줘."

"네, 그럴게요."

사정을 모르는 크리스틴 잭슨 감독은 건우에게 대단히 미안했다. 그리고 고마웠다. 건우 정도 되는 스타가 컨디션이 좋지 않아 촬영을 중단한다고 해도 누구도 뭐라고 할 수 없었다. 크리스틴 잭슨 감독은 친구라는 이름으로 너무 무리한 부탁을 한 것이 아닌가 싶었다.

미소 짓는 건우의 모습에 크리스틴 잭슨 감독은 그가 애써 무리한다고 생각했다. 하지만 건우는 정말 기분이 좋았기 때문에 웃고 있는 것이었다.

'좋네.'

기분이 좋을 수밖에 없었다. 정말 유용한 힘이었다.

확실히 지금의 경지는 예전과 차원이 달랐다. 숨을 몇 번 내쉬자 건우의 안색이 눈에 띄게 좋아졌다.

분장을 끝낸 건우는 '골든 시크릿' 1부 때보다도 훨씬 화려한 모습이었다. 건우가 끼고 있는 반지부터 옷의 장식물까지 모두 컨셉 도안에 있는 것들이었다. 건우가 아주 짧은 분량이기는 하지만 영화에 출연한다고 하니 새롭게 만들었다고 한다. 소품 하나하나에서 광장한 정성이 느껴졌다.

어떤 것을 대충 만들었는지, 어떤 것에 더 집중했는지 명확하게 보였다.

새로운 세계가 건우의 눈앞에 펼쳐져 있었다.

'내 눈을 속일 수 있는 게 있을까?'

건우는 그렇게 생각하며 웃었다. 만능은 아니었지만 무언가 판단을 하는 데 좋은 근거가 되어줄 것 같았다. 하지만 모든 것이 긍정적인 지표를 향한다고 하더라도 결과가 꼭 좋으리라는 법은 없었다.

'영화는 잘되려나 모르겠네.'

보통 갑작스럽게 추가 촬영이 있거나 계획에 없는 일정이 잡히면, 영화에 안 좋은 영향을 끼치는 경우가 많았다. 그래서 조금 걱정되기는 했다. 본래 올해 말 개봉으로 예정되어 있다가 내년 초로 옮겨지기까지 했다.

언론에서도 배급사와 감독 사이가 좋지 않다는 이야기를 흘리고 있었다.

이런 분위기에서 좋은 영화가 탄생할 수 있을까?

'영화는……'

영화는 예술이다. 돈 되는 예술.

건우는 씁쓸한 미소를 지을 수밖에 없었다. 언젠가는 그것을 초월한 작품에 출연하고 싶었다.

건우는 크리스틴 잭슨 감독과 함께 세트장으로 향했다. 아름다운 정원이었는데, 분수가 인상적이었다. 배경은 CG로 합성을 할 예정이었기에 초록색으로 칠해져 있었다.

딸에게 조언을 해주는 모습을 찍을 예정이었다.

건우만 홀로 잠깐 찍는 것이었지만 에란 로비와 몇몇 배우들은 건우의 연기를 지켜보기 위해 자리하고 있었다.

그들 모두 건우가 촬영에서 빠지고 나서 느끼지 못했던 전율을 다시 한번 느끼고 싶어 했다. 그동안 촬영하면서 느낀 연기가 너무나 밋밋하게 느껴졌기 때문이다. 건우의 노래나 연기에 중독된 자들이 갖는 공통적인 현상이었다.

'딸을 사랑하는 모습……'

건우는 크리스틴 잭슨 감독의 주문을 생각하고 있었다. 무심하지만 그 안에 잠긴 다정함을 느낄 수 있도록 연기를 해야 했다. 크리스틴 잭슨 감독은 건우의 연기력을 알았기에 다소 어려운 주문도 아무렇지 않게 할 수 있었다.

'아버지… 아버지라……'

건우에게는 아버지가 없었다.

기억조차 나지 않았다. 만약 자신에게 딸이 생긴다면 어떤 마음으로 말해야 할까? 자신의 능력으로 감정을 빌려와서 그럴듯하게 할 수 있었지만 그렇게 하기는 싫었다. 건우는 순수하게 자신의 마음으로 연기를 하기로 마음먹었다.

대본이 있기는 했지만, 크리스틴 잭슨 감독은 자유로움을 보장해 주었고 연기에 관한 부분은 모두 건우에게 맡겼다. 그는 본래 배우들의 애드립을 싫어하는 감독이었지만 건우에게만은 예외였다. 건우는 상상 그 이상을 보여주는 배우였기 때문이다.

건우의 표정이 진지하게 바뀌었다. 카메라가 돌아가기 시작했다.

침묵이 깔리고, 모두 숨을 죽이며 건우를 바라보았다. 건우가 진지한 표정을 짓는 것만으로도 건우에게 모든 시선이 빨려 들어왔다.

위로가 되어주고 힘을 나게 해줄 수 있는 말.

요정왕이라는 캐릭터에는 어울리지 않을지도 모르지만 건우는 어떤 조언보다도 그런 말을 해주고 싶었다.

건우는 카메라를 바라보았다.

그의 표정은 부드러웠다. 눈빛에는 다정함이 흘렀다.

"괜찮아."

건우가 천천히 무릎을 굽히고 앉았다. 카메라를 향해 손을 뻗었다.

지금은 건강해진 소녀, 소피아.

건우는 필사적이었던 소피아의 아버지를 떠올렸다. 그는 병마에 시달리는 소녀를 위해 모든 고통을 참아내고 늘 웃었다.

"절망과 좌절은 외부에서 찾아오지만 희망과 기쁨은 내면에서 솟아난단다. 네가 가슴속에 있는 그 위대한 힘을 지켜낸다면 너는 그 무엇이든지 해낼 수 있어."

예전에 자신이 가장 힘들고 어려울 때, 그때 가장 듣고 싶었다. 아무런 영양가가 없는 말이라도 작은 위로라도 들었다면 방황하지 않았을지도 모른다.

희망 고문일지라도 분명히 가치가 있었다.

"네가 누군지 아니? 기억해라. 넌 중간계에서 가장 위대한 나의 딸이야."

그렇게 연기를 끝냈다. 건우가 숨을 내쉬며 주위를 바라보았다. 무언가 숙연함이 깔려 있었다. 살짝 눈시울을 붉히는 이들도 보였다. 단순한 말이었지만 감정의 힘이 실리니 파급력이 어마어마했다.

이곳에 있는 모두가 건우만이 할 수 있는 연기라고 느꼈다.

건우도 무언가 시원함을 느꼈다. 대본과는 확실히 다른 방향이었다. 건우는 NG 컷으로 되어 다시 찍어야 한다고 해도 방금 신에 본인 스스로는 만족했다.

'자기만족이겠지만……'

건우는 크리스틴 잭슨 감독을 바라보았다. 제멋대로 해서 조금 미안했다.

"감독님, 대본에서 꽤 벗어났는데 다시 할까요?"

"아니, 좋은 것 같아. 오히려 계획했던 것보다 더 잘 나온 것 같은데?"

"음……"

"그럼 일단 다른 버전으로도 찍어보자. 괜찮지? 너 해보고 싶은 거 다 해봐. 시간이 얼마나 걸리던 기다려 줄 수 있으니까."

크리스틴 잭슨 감독은 건우의 연기에 상당히 만족해하는 것으로 보였다. 최근에 들어서 짓는 표정 중에 가장 밝은 표정이었다.

건우는 최선을 다해 촬영에 임했다.

진지한 분위기에서 예정보다 촬영이 길어졌다. 더 일찍 끝낼 수 있었으나 건우는 회의를 거치며 계속해서 촬영했다. 최선을 다하고 싶기도 했고 분장한 시간이 상당히 길어서 짧게 끝내기 아쉬웠던 부분도 있었다.

"크흐, 이게 연기지. 나는 이런 걸 원했다고."

"꽤 잘 나온 것 같네요."

"지금이라도 널 다시 부활시킬까?"

"하하……."

건우는 크리스틴 잭슨 감독과 함께 촬영분을 모니터링했다. 건우가 처음으로 한 연기는 마음을 따듯하게 만들고 눈시울을 절로 붉히게 할 정도로 좋았지만 캐릭터 설정과는 어울리지 않았다. 대본대로 한 연기도 그에 못지않게 뛰어났다.

극의 흐름을 본다면 대본대로 한 것을 선택하는 것이 아무래도 옳은 선택이었다. 그러나 첫 번째 연기가 너무 좋았다. 크리스틴 잭슨 감독은 선뜻 고를 수 없었다.

잠시 고민을 하다가 입을 떼었다.

"건우야, 이거는 쿠키 영상으로 할까?"

"쿠키 영상이요?"

"그냥 놔두기에는 아까워서 말이지. 나름 의미도 있을 것 같고."

건우는 고개를 끄덕였다. 이미 3부를 예고하는 쿠키 영상이 있었다. 건우가 자유롭게 연기한 영상은 맨 마지막에 넣기로 했다.

"좋아. 수고했어. 와줘서 정말 고마워. 요 근래 오늘만큼 보람찼던 적은 없었던 것 같아."

"너무 칭찬만 해주시는 거 아니에요?"

"하하! 월드스타의 비위를 맞추려면 이 정도는 해야지."

크리스틴 잭슨 감독이 소리 내어 웃었다. 건우도 그 모습에 피식 웃었다.

'걱정하지 않아도 되겠지.'

그의 마음은 무거워 보였지만 건우는 그에 대해 걱정할 필요가 없음을 깨달았다. 그가 지닌 잠재력이 아직 전부 발휘되지 않았음을 알았기 때문이다.

영화의 흥행과는 상관없이 그는 존중받을 자격이 있는 감독이었다.

"건우, 어때? 한잔할까? 오랜만에 어때?"

"괜찮네요. 제가 살게요. 모두 같이 가죠."

"오오!"

건우가 그렇게 말하자 주변에 있던 스태프들과 배우들이 환호를 내질렀다. 크리스틴 잭슨 감독과 에란 로비가 유난히 좋아했다.

스톤 브러쉬가 건우에게 다가왔다.

"미안한데, 내 아내도 같이 가도 되겠나? 지금 호텔에 있는데… 혼자 두기가……."

"네, 물론이죠. 저도 한번 뵙고 싶었습니다."

"고맙네. 역시 자네는 화끈하구만!"

스톤 브러쉬는 엘프 덕후로 유명했다.

젊은 나이에 불세출의 천재라는 타이틀을 거머쥐었고, 그의 실력은 많은 영화에 영향을 끼쳤다. '골든 시크릿'에 참여하기 전까지만 해도 재능이 아깝다는 평이 많았는데, 지금은 찬양을 받고 있었다. 이제는 이쪽 분야에서는 교과서라고 불리고 있었다.

실제로 그의 책이 불티나게 팔리고 있기도 했다.

'설마 아내가 진짜 엘프는 아니겠지?'

건우는 그렇게 생각하며 웃었다. 왠지 그의 아내도 보통 사람은 아닐 것 같았다.

'한번 물어나 볼까?'

영화 미술, 컨셉 아트, 일러스트를 모두 아우르는 불세출의 천재, 거장 스톤 브러시의 평가를 들어보고 싶었다. 분명 흔치 않는 기회였다.

"아! 요즘 조금 화제가 되고 있는 그림이 있는데요."

"음? 한국에서?"

"네."

"그래? 자네가 말할 정도라면… 음, 궁금하군."

"조금 있다가 주소를 알려드릴게요. 어떤 수준인지 궁금하네요."

스톤 브러쉬가 관심을 보이자 건우는 그렇게 말했다. 스톤 브러쉬는 대수롭지 않게 생각하며 고개를 끄덕였다.

'긴장되네.'

심사를 받는 연습생의 기분을 느낄 수 있었다.

아무튼, 일단 오늘은 즐겁게 마시는 일이 우선이었다.

＊   ＊   ＊

아카데미 시상식이 열리는 날이 다가왔다. 돌비 극장은 차량을 통제하고 레드 카펫에 오르는 스타들을 구경할 수 있도록 펜스를 쳤다. 벌써부터 많은 사람들이 몰려와 뜨거운 열기가 느껴졌다.

영화인들의 축제였다. 전 세계 영화인들 모두에게 그런 것은 아니지만 그 영향력만큼은 세계적이라고 해도 부인할 사람이 없을 것이었다. 실제로도 가장 권위 있는 상으로 꼽혔다.

이번 아카데미 시상식은 당연히 '골든 시크릿'의 독주가 예상되었고 거의 모든 부문의 시상 후보에 오르며 그 위엄을 과시했다. 가장 확실시되는 상은 작품상과 감독상, 그리고 남우주연상이었다. 그밖에 남우조연상, 여우조연상, 여우주연상, 각본, 감독, 촬영, 미술, 의상, 음향편집, 음악, 음향효과, 주제가상도 큰 기대를 걸어볼 만했다. 아무리 눈을 씻고 찾아봐도 '골든 시크릿'의 적수가 될 만한 작품이 없어 역대급으로 긴장이 되지 않는 시상식이라는 말이 나오고 있었다.

"후우."

긴 숨을 내쉬었다. 내력이 가득 담긴 숨결은 주변의 물건들을 진동시켰다.

건우는 일찌감치 준비를 마치고 호텔 방에 눈을 감고 앉아 있었다. 호텔 방에서 이번에 깨달은 힘을 조절하려 노력하고 있었다. 적응하는 데 꽤 시간이 걸렸지만 점점 익숙해졌다.

건우는 창밖을 바라보았다. 거리에 지나다니는 무수히 많은 사람들이 다 저마다의 빛을 뿜는 모습이 보였다. 모두 다른 색깔로 빛나고 있었다.

'그게 무엇인지 모르고 살아가는 사람들이 더 많겠지.'

건우도 저들이 지닌 빛나는 것이 무엇인지는 알 수 없었다. 다만 건우가 자신 있는 분야에 대해서만 어렴풋한 느낌이 올 뿐이었다. 그것만으로도 대단한 힘이었다. 사람을 보는 안목이 비약적으로 발전했으니 말이다. 자신의 이익뿐만 아니라, 다른 사람들을 위해서도 쓸 수 있을 것 같았다.

건우는 흐뭇한 미소를 지을 수 있었다.

건우는 호텔을 나와 돌비 극장으로 이동했다. 이번 시상식에서는 '골든 시크릿'팀과 같이 있을 것이었기에 어색하게 있지 않아도 되었다. 오히려 희한하게도 국내 시상식 때 어색했던 적이 많았다.

건우가 돌비 극장 앞에 내리자 엄청난 관심이 쏟아져 내렸다. 건우는 쏟아지는 플래시 세례 속에서 시선과 환호를 즐겼다. 돌비 극장 앞에 고급 차량이 대어져 있었고 오스카라는 글자가 적힌 구조물이 보였다.

한국의 시상식과는 확실히 달랐다. 한국은 차례대로 입장하면서 격식을 지키는 분위기였다면 아카데미 시상식은 마치 학교 축제를 보는 것 같았다. 배우와 관계자들이 여유롭게 레드 카펫을 밟으면서 이야기를 나누고 있었다.

레드 카펫 주위에 관객석도 따로 있어 돌비 극장으로 들어가는 배우들을 충분히 지켜볼 수 있었다.

'색다른데?'

약간은 정리가 안 된 분위기였지만 마음에 들었다. 건우는 딱딱한 분위기보다 이런 분위기가 마음에 들었다. 배우들과도 친분을 다질 수 있는 곳으로도 보였다.

"우아아아!"

"꺄아아악!"

관객석에 있는 팬들이 건우를 발견하자마자 소리를 질렀다. 건우는 그 어떤 배우보다도 단연 인기였다.

"이건우! 이건우!"

"꺄아아악! 사랑해요!"

레드 카펫에서 울려 퍼지는 어색한 한국어가 이제는 낯설지 않았다. 건우의 팬 치고 '사랑해요'라는 말을 모르는 팬은 없었다.

건우는 군계일학이었다. 레드 카펫 이곳저곳에서 이야기를 나누고 있던 배우들과 그들의 가족들의 시선이 건우로 향했다.

"맙소사! 이건우?"

"와, 실제로 보니 더하네."

"인간 맞아?"

할리우드 정상급 배우들이 그렇게 수군거렸다. 건우의 귀에 또렷하게 들렸는데, 건우는 그런 관심을 즐길 줄 알았다. 여배우들이 자신을 바라보자 건우는 살짝 미소 지어주며 인사했다. 소녀 팬처럼 좋아하는 모습을 보니 웃음이 나왔다.

'이럴 때는 인기 있는 게 참 좋은데 말이야.'

모든 것에는 장단점이 있었다.

건우는 레드 카펫을 밟으며 포토 라인으로 향했다. 포토 라인에는 오스카상이 그려진 흰 벽이 세워져 있었다. 그 앞에 많은 기자들이 있었고 배우들을 인터뷰하는 이들이 보였다. 아카데미 시상식은 생중계로 미국 전역에 나가고 있었다. 배우들의 인터뷰를 따내기 위해 수많은 리포터들이 대기하고 있었다.

건우가 포토 라인에 다가가자 생중계 카메라가 집중되었다. 주변에 있던 할리우드 배우들도 잠시 말을 잊은 채 건우를 바라보았다.

포토 라인은 많은 배우들이 한꺼번에 서서 각자 촬영할 수 있을 정도로 대단히 넓었지만 건우가 포토 라인에 서니 주변에서 포즈를 잡던 배우들이 주춤거리면서 물러났다.

건우는 괜히 민망해졌다. 너무 시선이 몰렸기 때문이다.

'너무 나를 과하게 의식하는데.'

할리우드 배우들과 관계자들이 마치 연예인을 보는 것처럼 건우를 바라보고 있었다. 이름만 들으면 누군지 다 아는 배우들이 그런 태도를 취하니 민망하고 부담스러웠다. 건우도 그들의 출연한 영화를 보고 나름 좋아하기도 했었다.

건우는 짧게 포토 라인에서 머물다가 옆으로 빠졌다. 마이크를 든 채로 건우를 기다리고 있는 덩치 큰 사람이 보였다. 흑인 사내였는데, 굉장히 유쾌한 인상이었다.

그가 가장 먼저 다가와 건우를 기다리고 있었는데, 다른 이가 카메라와 함께 끼어들었다. 배우로 보였는데, 건우의 눈에는 그다지 좋은 모습으로 보이지 않았다.

"저기, 이건우 씨!"

"죄송합니다. 이쪽에서 먼저 오셔서요."

"아……."

배우는 눈을 찡그리며 덩치 큰 흑인 사내를 바라보았다. 건우가 사내에게 다가가자 그가 눈을 동그랗게 떴다.

정신을 차리고는 인터뷰를 시작했다.

"오우~! 마이! 갓! 제 앞에 지금 누가 계신지 아십니까? 직접 보고도 믿겨지지가 않는군요! 와우! 제 인생에 가장 행복하고 영광스러운 날입니다!"

목소리 톤도 덩치에 걸맞게 낮았다. 발성이 좋아 낮은 톤임에도 명확하게 들렸다. 아주 큰 목소리에 사람들의 시선이 집중되었다. 사람을 절로 유쾌하게 만들어주는 목소리였다. 건우도 기분 좋게 웃으면서 인터뷰에 응할 수 있었다.

"살아 있는 레전드, 이건우 씨와 이야기를 나눠보죠! 오늘은 정말 좋은 날인 것 같습니다. 그렇지요?"

"네, 날씨도 맑고 좋네요."

"하하! 지금 시청률이 엄청나게 상승하고 있을 것 같습니다! 음악의 황제! 공연의 신! 이제는 연기의 왕좌에 오를 준비를 하고 계신데요."

"과찬이십니다. 조금 부담스럽네요."

건우는 그를 자세히 바라보았다. 아카데미 시상식에서 이런저런 일을 할 정도로 유명한 사람 같았지만 건우가 알 리가 없었다. 근육의 양을 보건데 운동선수 출신 같았고, 그에게서 푸른빛으로 빛나는 재능이 보였다.

'푸른빛이라…….'

건우는 색이 의미하는 바를 알 수 있었다. 색이 밝을수록 재능이 뛰어나다는 것을 의미했다. 그리고 오로라의 범위가 클수록 많은 노력을 기울였다는 뜻이 되었다. 마치 불길에 노력이라는 장작을 넣은 것처럼 말이다.

"아! 우선 제가 누군지 아시지요?"

그가 그렇게 물었다. 난감했다.

건우는 순간 당황했지만 티를 내지 않았다. 그의 뒤에 에란 로비가 보였다. 에란 로비는 대화를 듣고 있던 것인지 입술을 방긋거리면서 건우에게 그의 이름을 알려주려 노력했다. 건우의 뛰어난 감각으로 정확히 이름을 알아낼 수 있었다.

"당연히 알고 있습니다. 만나서 반갑습니다. 로크 존슨 씨."

"하하! 저를 알아봐 주셔서 영광입니다!"

"연기를 위해 노력하는 모습이 정말 대단하신 것 같습니다."

"오! 감사합니다."

어쨌든 잘 넘긴 것 같았다.

로크 존슨이 근육질 팔을 앞으로 내밀었다. 건우는 웃으면서 그와 악수했다. 로크 존슨의 눈이 동그랗게 떠졌다. 건우의 힘이 느껴졌기 때문이다.

'무슨 팔 힘이…….'

로크 존슨은 살짝 당황했다.

손을 잡는 것만으로도 결코 자신의 아래가 아니라는 것을 단번에 알아차렸다.

로크 존슨은 재빨리 표정 관리를 했다.

"남우주연상에 노미네이트되셨는데요. 축하드립니다."

"감사합니다. 후보에 오른 것만으로도 정말 큰 영광입니다."

"최근 들어 많은 연예인들에게 예술의 교과서라고 불리고 계십니다. 들어보신 적 있나요?"

"처음 듣네요. 너무 과분한 말인 것 같습니다. 저는 아직도 많이 부족하고 저보다 훨씬 더 뛰어나신 분들도 많이 계십니다. 로크 존슨 씨처럼요."

"아……."

건우의 대답은 가식적이고 형식적인 말이었다. 그러나 영향력은 대단했다. 로크 존슨은 건우의 말에 인터뷰 진행 중인 것도 잠시 잊으며 감동했다.

물론 건우는 진심으로 말한 것은 아니었다. 진심을 담아 연기한 것에 불과했다. 그러나 건우가 그렇게 연기를 하니 가식도 정말 진심처럼 느껴졌다.

레슬링, 그리고 격투기 선수였던 그가 늘 꿈꾸었던 연기에 데뷔하고 난 이후, 많은 혹평을 받았다. 최근에야 그럭저럭 인정받는 추세였다. 특별히 포토 라인에서 인터뷰를 맡은 것도 아카데미 시상식에 참가하는 배우들을 관찰하고 자신을 발전시키기 위함이었다.

건우는 눈시울을 살짝 붉힌 그의 모습에 당황했으나 조금 더 피어오르기 시작한 그의 오로라에 고개를 끄덕였다. 칭찬이 그의 재능을 더욱 꽃피게 하고 있었다.

'사람은 혼자 만들어지는 것이 아니구나.'

서로 영향을 주면서 그렇게 재능을 개화시키고 자신을 발전시키며 살아가는 것이다. 새로운 능력을 깨닫고 나자 세상을 바라보는 시야가 더 넓어진 것 같았다.

'나 역시 마찬가지지.'

스스로의 힘으로 이 자리에 있는 것은 절대 아니었다. 아무리 그가 뛰어난 힘을 지니고 있었다고 해도, 석준과 진희, 리온을 포함한 모두가 없었다면 힘들었을 것이다.

건우는 그렇게 생각하며 미소 지었다.

좋은 분위기 속에서 로크 존슨과의 대화를 마쳤다. 인터뷰에서의 로크 존슨은 자신감이 넘치는 태도를 보였지만, 인터뷰가 끝나자 대단히 공손한 태도가 되었다. 그의 말과 몸짓에는 건우에 대한 존경이 담겨 있었다.

"사진 한 장 같이 찍어도 될까요?"

"물론이죠."

건우는 흔쾌히 고개를 끄덕이며 대답했다.

건우는 로크 존슨과 어깨동무를 했다. 체격은 그가 더 컸지만 건우가 전혀 작아 보이지 않았다. 로크 존스는 근엄한 표정을 지으며 엄지를 치켜들었다.

"제 인터뷰에 응해주셔서 감사합니다. 연기에 대해 궁금한 것이 많은데… 폐가 되지 않는다면 연락처를 알 수 있을까요?"

로크 존스의 표정은 절박해 보였다. 자신감이 넘쳤던 모습과는 대조적이었다. 다소 무리한 부탁이었지만 건우는 고개를 끄덕였다.

그 정도쯤은 별로 어려운 일은 아니었다. 물론, 얼마나 도움이 될 수 있을지는 모르지만 말이다.

자신이 도움을 줘서 그가 더 밝게 타오를 수 있다면 건우는 그 광경을 보는 것만으로도 기분이 좋을 것 같았다.

"우오! 예쓰! 예쓰!"

건우가 연락처를 알려주자 로크 존슨이 주먹을 불끈 쥐었다. 주변에 있던 사람들이 그 모습에 깜짝 놀랐다.

'터프한 친구로군.'

로크 존스는 재능도 있고 노력도 대단한 배우였다. 건우와 닮은 점도 많았다. 무술 쪽에 있다가 이쪽으로 넘어온 것이 비슷했다.

"레슬링이나 하는 놈이 왜 온 거지?"

"저번 영화 싹 다 말아먹었잖아?"

"품격이 떨어지네. 그러니 개나 소나 다 배우 한다고 난리지."

작은 목소리이기는 하지만 또렷하게 귀에 들려왔다. 로크 존슨의 귀에도 들렸겠지만 그는 웃고 있었다. 그런 모욕이 그를 더 단단하게 만들어주고 있었다.

그들은 나름 후보에 오른 배우들이었다.

'어둡네.'

그들에서 느껴지는 것은 아주 어두운 보랏빛이었다. 건우
는 고개를 설레 젓고는 로크 존스와 일부러 좀 더 이야기를
나눴다.

"조나단 형님이 엄청 극찬을 해주셨죠. 건우 씨께 엄청 감
명을 받았다고 하시던데요."

"조나단 씨가요? 그분 잘 지내시나요? 이번에 인사를 못 드
렸네요."

"뭐, 그 형님은 늘 잘 지내죠. 돈 많고 건강한 백수입니다.
하하! 언제 한번 같이 한국에 찾아가겠습니다."

"네, 기대하겠습니다."

로크 존슨과 인사를 한 건우는 포토 라인 쪽에서 내려왔다.

'골든 시크릿'팀이 보였다. 모두의 표정은 무척이나 밝았다.
건우를 기다리고 있던 에란 로비와 제시카가 다가와 가볍게
포옹을 했다.

크리스틴 잭슨 감독과 스톤 브러쉬, 그리고 다른 주요 스태
프들이 건우 쪽으로 합류했다. 모든 이들의 관심이 쏠리는 것
은 당연했다. 신화의 주인공들이 한자리에 모두 모였기 때문
이다.

스톤 브러쉬는 다른 것에는 전혀 관심이 없었다. 오로지 건

우만을 바라보고 있었다. 그 눈빛이 너무나 부담스러웠다.

"오! 건우! 연락이 안 되더군!"

"아, 네. 조금 일이 있어서요."

"으으, 내가 얼마나 연락했는지 아는가?"

스톤 브러쉬는 어딘가 억울해 보였다. 건우는 그 모습에 의아함을 느꼈다.

"무슨 일이 있나요?"

"아! 일단 대기실로 가세나!"

'골든 시크릿'팀을 위해 마련된 대기실로 향했다. 대기실은 대단히 넓고 쾌적했다. 고급 다과까지 테이블 위에 놓여 있었다. 하얀 커튼이 인상적이었는데, 마치 고급 호텔 방 같은 분위기였다.

'모두 고풍스럽네.'

극장의 역사를 말해주는 것 같았다. 물건 하나하나를 신경쓴 티가 났다. 아카데미 시상식이 갖는 의미를 잘 알 수 있었다.

똑똑!

건우는 대기실에서 쉴 수 없었다. 대기실로 오자마자 방문자들이 많이 몰려왔기 때문이다. 배우부터 시작하여 영화감독, 제작자에 이르기까지 방문객들은 다양했다. 찾아온 이들모두 건우와 좋은 관계를 다지고 싶어 했다.

건우는 적당히 응대해 주었다.

"오! 그렇습니까? 좋은 일을 하시고 계시는군요. 기회가 된다면 저도 방문하고 싶네요."

"네, 그렇게 해주시면 정말 기쁠 것 같습니다."

"다음 작품은 언제쯤에 찍을 예정이신지······."

"아직 예정이 없네요."

"이번 앨범 정말 감명 깊게 듣고 있습니다."

"감사합니다."

건우가 가식이라는 가면을 쓰고 적당히 응대한다고는 하나 모두 건우에게서 진심을 느꼈다. 그냥 예의상 대답하는 것이 아니라 마음에서 우러나는 것처럼 느끼고 있었다. 모두 그런 건우의 진솔한 모습에 속아 감명을 받았다.

자신에 대한 호감도가 급상승하는 것을 느낄 수 있었다. 주변을 바라보니 에란 로비와 제시카가 건우를 걱정스러운 눈빛으로 바라보고 있었다.

"건우, 너무 착하면 몸이 힘들어."

"그래요. 적당히 거절할 줄도 알아야 한다구요. 이곳은 할리우드예요. 다 음흉한 생각을 감추고 접근하는 거예요."

"맞아. 사기당할까 봐 걱정이야."

"건우, 꼭 에이전시를 통해 일을 진행하세요."

모두 거의 건우를 성자 보듯이 바라보고 있었다.

건우는 그 말에 살짝 웃었다.

이미 산전수전을 다 겪은 건우였다. 자신이 이용해 먹으면 이용해 먹었지 절대 손해를 볼 일은 없었다. 건우는 당하고는 못 사는 성격이었다. 다만 티를 내지 않고 있을 뿐이었다.

'정치라도 하면 엄청 잘할 것 같은데.'

건우는 그렇게 생각하면서 웃었다.

자신의 감정마저 속이는 것이 바로 진정한 연기가 아닐까?

'겨우 시간이 생겼군.'

잠시 후, 여유가 생기자 건우는 작게 숨을 내쉬면서 의자에 앉았다. 스톤 브러쉬는 반짝이는 눈동자로 건우를 바라보았다.

"음, 무슨 일 있어요?"

"완벽해! 그 말을 해주고 싶었네!"

"네?"

"자네가 알려준 주소로 가보았네! 내가 왜 그 자리에서 바로 들어가지 않았는지 너무나 후회했어!"

스톤 브러쉬는 잔뜩 흥분한 얼굴이었다. 저런 표정의 스톤 브러쉬는 상당히 오랜만에 본 것이었다. 스톤 브러쉬가 건우를 실물로 처음 보았을 때와 필적했다. 그는 마치 득도한 고승처럼 웬만한 일에는 절대 흥분하는 법이 없었다.

스태프들의 실수로 백업본이 날아갔을 때도 그는 고개를

끄덕이며 인자하게 웃었을 뿐이었다.

"그 예술적인 라인! 마치 칼로 자른 것 같은 감각! 거기서 그치지 않고 맹렬하게 밀려오는 색채감과 살아 움직이는 듯한 생동감까지! 나는 도저히 극찬을 하지 않고는 견딜 수 없었네!"

"아… 네."

"평범한 인생을 살고서는 나올 수 없는 감각일세. 일러스트 이든 컨셉 아트이든, 또는 다른 미술이든, 시간이 지나면서 쌓인 유행과 스타일에 영향을 받게 마련이지. 그러나… 그런 느낌이 전혀 없네. 자신만의 새로운 세계를 개척했어."

"…그렇습니까?"

"엘프만을 진리로 삼고 온 나에게는 큰 충격이었지. 자네! '골든 시크릿', 엘프, 그리고… 그래, 이건 운명이야!"

스톤 브러쉬의 눈에 핏줄이 서 있었다. 어떤 광기마저 보였다. 조금 무섭게 느껴질 정도였다.

"심호흡 좀 하시고 조금 진정하시지요."

"후우, 후우!"

스톤 브러쉬가 간신히 숨을 내쉬며 마음을 진정시켰다.

"도대체 그분의 정체가 무엇인가? 직접 만날 방법은 없나?"

"저도 잘 모르겠네요. 우연히 발견한 거라서요."

건우는 살짝 시선을 돌리며 그렇게 말했다. 스톤 브러쉬가 시무룩해졌다. 대단히 아쉬워하는 모습이었다.

"화제가 될 만한가요?"

"지금 내 친구들에게 뭐라고 불리는 줄 알고 있는가?"

스톤 브러쉬가 건우를 진지한 눈으로 바라보았다. 그의 인맥은 영화, 게임, 세계의 유명 미술대학교 그리고 다른 미술 영역에 이르기까지 다양했다. 그의 눈빛에서는 무언가 공허함이 느껴졌다.

"그랜드 마스터."

"아……."

건우의 얼굴이 살짝 붉어질 정도로 부담스러운 호칭이었다. 스톤 브라쉬가 극찬과 함께 SNS에 공유하자마자 빠른 속도로 퍼져 나가기 시작했다. 건우가 영어 작업도 하고 있는 것도 큰 역할을 했다.

한글로 된 화수보다 2화 정도 뒤쳐졌는데, 번역본까지 올라오고 있었다. 에드스타는 이미지 파일 보안이 강력해서 퍼가기 힘들었기에 마치 공략집처럼 번역본이 올라오고 있는 것이다.

"음? 뭔데 그러나?"

잠시 다른 감독들과 이야기를 하고 온 크리스틴 잭슨 감독이 건우와 스톤 브러쉬의 대화를 듣고 관심을 표해왔다. 스톤 브러쉬는 눈을 반짝이면서 그에게 자신의 핸드폰을 건넸다.

"놀라지 말게나."

"음?"

"자네는 위대한 세계를 목도할 걸세."

"거참, 뭐 잘못 먹었나? 영문 모를 소리만 하는군."

둘의 모습을 보며 건우는 뒤로 슬쩍 빠졌다.

아카데미 시상식 시간이 빠르게 다가왔다.

*　　　　　*　　　　　*

돌비 극장 안은 다른 시상식과는 달리 건우의 시선을 많이 빼앗았다. 영화에서나 볼 법한 무대였다. 이런 곳에서 상을 받는다면 기분이 꽤 좋을 것 같았다.

'골든 시크릿'팀은 가장 좋은 자리에 앉게 되었다. 그중에서 건우는 그 중심에 있었다. 배우와 스태프들은 자연스럽게 건우를 중심에 앉혔다.

축하 공연이 시작됐다. '골든 시크릿'에 나온 음악이 돌비 극장에 울려 퍼졌다. 건우의 귀에는 그리 좋다고 느껴지지는 않았는데, 워낙 영화가 유명하다 보니 꽤 높은 인지도를 자랑했다.

'그래도 나름 웅장하기는 하네.'

건우는 음악이 주는 효과를 잘 알고 있었다. '골든 시크릿'

에서 가장 아쉬운 부분이기는 했다.

사회자가 무대 위로 올라오며 아카데미 시상식의 시작을 알렸다.

"네! 작년 한 해는 아주 즐거웠습니다. 많은 명작이 나왔고 많은 스타가 탄생했지요. 모두 박수로 환영해 줍시다."

박수가 쏟아져 나왔다.

건우는 늘 그렇듯 웃음을 지으면서 박수를 보냈다. 카메라가 건우를 자주 잡았다.

본격적인 시상식이 시작되었다. 시상식은 건우의 생각보다 빠르게 진행되었다. 아무래도 다양한 부문을 시상하려면 시간이 촉박했기 때문이다.

누구나 예상을 했듯 대부분의 상을 '골든 시크릿'팀이 가져가고 있었다. 건우는 자리에 일어나서 진심으로 축하해 주었다.

'축하해 주는 것도 힘드네.'

축하하는 게 질릴 정도였다.

그런 생각이 들었지만 진심으로 좋아하는 '골든 시크릿'팀을 보니 건우도 흐뭇했다. 감독상, 각본상, 촬영상, 의상상, 분장상, 편집상 미술상을 모조리 휩쓸어 버렸다. 다만 후보에 오른 음향상과 남우조연상은 다른 작품이 가져갔다.

스톤 브러쉬는 황금 트로피를 들고는 환하게 웃었다. 스톤 브러쉬는 웃으면서 수상 소감을 이어나갔다. 그러다가 황금 트로피를 번쩍 들었다.

"마지막으로 한마디 하겠습니다. 엘프 만세!"

스톤 브러쉬의 마지막 외침이었다. 수상 소감까지 그다웠다.

드디어 남우주연상 차례가 다가왔다. 시상의 마지막은 작품상이었고, 그 전에 남우주연상과 여우주연상이 있었다. 남우주연상 후보에 오른 이들의 영화 영상이 나왔다. 건우는 맨 마지막 순서로 등장했다.

"꺄아악!"

"와아!"

건우가 등장하는 영화 영상이 나오자 환호와 함께 박수가 쏟아져 나왔다. 다른 배우가 등장한 영상은 건우의 영상과 비교하면 마치 맹물 같았다. 그에 비해 건우의 영상은 달기도 하고 짜기도 하고 맵기도 한, 다양한 맛을 품고 있는 음식 같았다. 단지 후보를 소개했을 뿐인데도 극장에 있는 모두가 다 그렇게 느끼고 있었다.

'골든 시크릿'이 명작으로서 지금까지 회자되는 이유의 중심에는 건우가 있었다. 아니, 건우의 연기가 있었다. 그것은 누구나 인정하는 사실이었다.

시상은 전설적인 원로 배우 토마스 릭이 하기로 했다.

'대단한 사람이군.'

건우는 토마스 릭에게서 뿜어져 나오는 어떤 기백을 느꼈다. 밝게 빛나는 모습은 대단히 인상적이었다. 백발이 지긋한 그가 인자하게 웃으면서 수상자가 써져 있는 카드를 펼쳤다.

아직 발표를 하지 않았음에도 많은 사람들이 건우를 바라보고 있었다. 심지어 후보에 오른 배우조차 미리 체념하면서 건우에게 시선을 두었다.

오스카상은 많은 논란을 낳기도 해서 끝까지 방심할 수는 없었다. 특히 '화이트 오스카'라고도 불릴 정도로 유색인종에게 인색하다는 평가를 받고 있었다. 아시아인이 남우주연상을 받은 경우는 아카데미 시상식 역사상 없었다.

때문에 한국뿐만 아니라 일본, 중국까지 모두 건우가 후보로 오른 남우주연상에 집중을 하고 있었다.

'못 탄다고 해도⋯⋯.'

아쉽기는 하겠지만 이미 많은 것을 얻은 터라 큰 의미를 두지 않기로 했다. 토마스 릭은 카드를 확인하고는 바로 발표하지 않고 잠시 뜸을 들였다.

"여러분께서는 새로운 역사가 탄생하는 순간을 보고 계십니다. 이 상을 제가 시상을 하게 되어 영광입니다."

토마스 릭이 발표를 하기 위해 다시 마이크로 입을 가져다 대었다. 크리스틴 잭슨 감독이 반쯤 자리에서 일어났고 배우들과 다른 스태프들도 그러했다.

"축하드립니다. '골든 시크릿'의 이건우!"

반전은 없었다.

화이트 오스카는 이어지지 않았다. 모든 논란을 불식시키며 건우가 남우주연상을 수상하게 되었다. 아시아인으로서 최초였다.

건우는 그래미상, 그리고 빌보드상, 주요 메이저 음악상뿐만 아니라 이제는 오스카 남우주연상까지 받게 되었다. 노래와 연기를 모두 점령했음을 뜻했다.

건우가 후보로 오를 때부터 이미 정해진 상이었다. 상을 받지 않아도 괜찮다고 생각했고 받아도 큰 감흥이 없을 거라 생각했는데 직접 타보니 전혀 그렇지 않았다. 이름이 불린 순간 잠시 정신이 멍해질 정도로 기뻤다. 모두가 자신을 바라보고 있었다.

건우의 표정도 멍해졌다. 주변에 있던 사람들이 그 모습을 보며 좋아했는데, 특히 크리스틴 잭슨 감독과 에란 로비가 계속 박수를 치며 웃었다.

그런 건우의 표정을 처음 보았기 때문이다.

'기쁘다.'

정말 기뻤다.

건우가 자리에서 일어나자 크리스틴 잭슨 감독이 자신의 일처럼 좋아하며 그를 얼싸안았다. 그리고 에란 로비와 제시카 역시 건우와 포옹하며 축하해 주었다.

무대 위로 올라가 황금빛으로 빛나는 오스카상을 받았다. 손에 잡히는 묵직한 느낌이 마음에 들었다. 기사 형상의 모습을 한 상은 모든 배우들이 손에 쥐고 싶어 하는 그런 상이었다. 건우는 오스카상을 잠시 바라보다가 마이크로 다가갔다.

환하게 웃는 건우의 모습은 현장에 있는 모든 사람들, 그리고 안방에서 아카데미 시상식을 지켜보고 있는 시청자들을 단숨에 매료시켜 버렸다. 예전보다 훨씬 파괴력이 올라간 미소는 핵폭탄이라고 불려도 과언이 아니었다.

"안녕하세요? 이건우입니다. 수상 소감을 말할 때마다 가슴이 벅차오르고 떨리네요. 특히 이번 상이 더욱 그런 것 같습니다."

건우의 목소리가 울려 퍼지자 박수가 순식간에 잦아들었다. 건우의 목소리가 따듯하게 주변을 감쌌다. 건우의 목소리를 듣는 것만으로도 모든 사람들이 힐링되는 것 같은 느낌을 받았다. 건우가 의도한 부분도 있었지만 그의 생각보다 효과는 강력했다.

"우선, 많은 반대에도 불구하고 저를 캐스팅해 주신 감독님과 관계자분들께 감사드립니다. 지금은 함께 일하지 않지만 힘이 되어준 매니저, 그리고 늘 저를 위해 고생해 준 마이클에게도 고맙다고 말하고 싶습니다."

건우는 천천히 수상 소감을 이어갔다.

"저희 어머니가 금을 되게 좋아하세요. 이거… 실제로 금은 아니지만 비슷한 것이니 엄청 좋아하실 것 같네요. 아들이 연예인되겠다고 속만 썩일 때도 늘 뒤에서 응원해 주셨습니다. 제가 여기까지 올 수 있었던 이유는 그 무한한 사랑 덕분입니다. 앞으로 저도 그런 사랑을 베풀고 싶습니다. 저를 사랑해 주시고 응원해 주시는 많은 분들을 위해서 앞으로 더 좋은 연기로 보답해 드리겠습니다. 감사합니다."

예전에 고생하시던 어머니의 모습이 떠올라 건우의 눈가가 살짝 촉촉해졌다. 예전이라면 감정을 늘 컨트롤하고 있어서 그런 일이 없었지만 지금 건우는 마음이 가는 대로 놔두고 있었다. 그게 더 건우를 사람답게 만들고 있었다.

건우가 눈시울을 붉히자 감성이 풍부한 배우들이 눈물을 훔쳤다. 시청자들도 마찬가지였다. 건우가 수상 소감을 마치자마자 벌써 편집되어 인터넷에 오르고 있었다.

실시간 검색어를 점령하는 것은 순식간이었다.

짝짝짝!

무대 위에서 내려올 때까지 박수가 끊이지 않았다.

여우주연상은 에란 로비가 차지하게 되었다. 건우와는 달리 다른 배우와 박빙이었지만 결국 흥행 파워에 밀려 에란 로비가 수상하게 되었다.

마지막으로 작품상이 발표되었다.

"골든 시크릿!"

건우, 크리스틴 잭슨 감독과 배우들 그리고 주요 스태프들이 모두 무대 위로 올라갔다. 이로써 '골든 시크릿'은 역대 최다 부문에서 수상한 영화로 기록되는 것이었다.

오스카 남우주연상에 빛나는 이건우!

건우의 몸값이 다시 한번 더 치솟은 순간이었다.

다음 작품이 무엇이 되었든 간에 이건우의 몸값이 영화 역사상 역대 최고를 갱신할 것이라는 관측이 나오기 시작했다.

건우의 아카데미 수상 소식은 건우가 미국에서 귀국한 후에도 계속해서 많은 기사들을 만들어냈다. 아시아 배우로서는 최초로 오스카상 남우주연상을 수상했으니 그럴 만도 했다. 게다가 그가 이런 큰 상을 받은 것은 이번만이 아니었다. 그래미상도 받았고, 내년 그래미상도 이미 예약된 것과 다를 바 없었다. 앨범을 발매하자마자 세계 각 차트를 휩쓸고 있었고 아직까지도 그 열기가 식지 않고 있었기 때문이다. 모든 기록을 깔끔하게 갈아치운 역대급 앨범이었다.

이미 한국 대중문화 역사에 길이 남을 기록을 세웠고 앞으로 전설이 될 일만 남은 건우였다. 현재 신이라는 수식어가 전혀 어색하지 않는 유일한 사람이 바로 건우였다.

이제는 이건우라는 이름보다 건느님이라는 별명으로 더 많이 불리고 있었다.

〈이건우 활동 요청 서명운동, 20만 명 돌파〉

〈YS 사옥 앞, 즐거운 시위까지〉

〈대중은 이건우의 활동을 원한다〉

〈월드 투어 이후 실종된 활동〉

〈그 어떤 스타라도 대중을 외면하며 살아갈 수는 없다〉

월드 투어 이후 시상식에 참여한 것 외에는 아무런 활동이 없어 건우의 팬들은 제발 뭐라도 좋으니 얼굴을 비춰달라고 아우성이었다. 진담 반 농담 반으로 다이버 네티즌 청원란에 서명운동을 하기 시작했는데, 금세 10만을 돌파하더니 20만 명에 도달해 화제가 되고 있었다. 지금도 가파르게 오르고 있는 추세였다. 그만큼 건우의 팬뿐만 아니라 일반 대중들까지 건우의 활동에 목말라 하고 있었다.

건우는 모든 이들의 기대와는 달리 충실하게 백수 생활을 영위하는 중이었다. 더 좋은 노래와 연기를 위한 휴식 겸 수련 기간이었다.

건우는 서울에서 지내지 않고 별장에서 지냈다. 아무래도 보는 눈이 적었기 때문이다. 건우가 별장이 있다는 사실은 언론에 노출되지 않아 아는 사람이 극소수였다. 덕분에 가끔 휴식차 들린 진희와 오붓한 시간도 보낼 수 있었다.

건우는 새로운 세계를 깨달을수록 경지가 올라가는 것을 몸소 느끼고 있었다. 그림에 푹 빠져 지냈고, 그간 하지 않았던 다른 공부에까지도 손을 뻗었다. 요즘은 그림 외에 수학, 물리학과 여러 과학 분야를 공부하는 중이었다.

'고등학교 때 이렇게 공부했으면 명문 대학을 갔겠어.'

연예인을 하지 않았다면 공부 쪽으로 갔을지도 몰랐다.

지식은 세상을 알게 해주었다. 이 세상이 돌아가는 원리를 아는 것도 건우의 깨달음에 대단한 영향을 주었다.

집에 있는 서재에는 만화책만 가득했지만 별장의 서재에는 마치 대학 도서관을 보는 것처럼 각종 전문 서적들이 빼곡하게 꽂혀 있었다.

'아, 올리는 거 깜빡했네.'

진우전생록은 거의 월간 연재였다. 돈을 벌기 위함도 아니었고 여러 가지 공부와 수련, 그리고 자기만족용이었기 때문에 건우는 자신이 만족스러울 정도가 아니면 올리지 않았다.

모든 이야기가 건우의 전생 이야기였지만, 다가가기 쉽도록 한국적이고 동양적인 판타지 요소를 넣었다. 기존에 있던 무협과는 완전히 달랐다. 다소 잔인한 내용 역시 각색을 해야 했다.

현실이 오히려 판타지보다도 훨씬 잔혹했다.

업데이트를 하지 않은 지 거의 한 달가량 되어갔기에 아주 오랜만에 블로그에 들어갔다.

'…엄청 늘어났는데?'

건우가 깜짝 놀랄 정도의 방문 숫자였다. 건우가 마지막에 올린 편의 내용은 호랑이와 싸우는 내용이었다. 건우가 처음으로 죽일 의지를 가지고 싸운 날이기도 했다.

그때 느꼈던 호랑이의 무서움, 살기를 어느 정도 담았기에 일반인들은 공포를 느꼈을 것이다. 생각보다 더 대단했던 것이 문제가 되기는 했다.

tanat: 진짜 쌀 뻔했다. 호랑이 개무서움ㅋㅋ.

김강현: 리얼 지리네. 손에 땀이 난다ㅋㅋ.

급식킹: 작가님은 신이 분명하다. 어떻게 이런 연출을 하나?

tomas22: 와, 미친 개놀랬네.

댓글이 엄청나게 많이 달려 있었다. 호랑이의 무서움을 생생하게 깨달았는지 댓글에서 흥분을 느낄 수 있었다.

그런 반응을 보는 것도 나름 즐거워 건우는 흐뭇한 미소를 그렸다. 제발 연재해 달라고 청원하는 메시지가 엄청나게 많았다. 에드스타 플랫폼에서도 연락이 왔는데, 한국 본사로 꼭 찾아와 달라고 하는 내용이었다.

건우는 관심이 없어 보류했다.

그렇게 오랜만에 블로그를 구경하고 있는데 석준에게 전화가 왔다.

─뭐 하냐? 집이냐?

"별장에 있어요. 공부 중이에요."

─크흐, 역시 스타는 다르구만. 혹시 대학교 가고 싶으면 이야기해. 전부 지원해 주마.

"대학 갈 마음은 없어요. 민폐잖아요."

─하기야… 학교가 마비되겠지.

대학을 갈 마음은 전혀 없었다. 수능을 보는 것부터 시작하여 여러모로 민폐였기 때문이다.

석준과 한동안 근황 이야기를 했다.

석준은 본격적인 용건을 꺼냈다.

─요즘 회사 앞에 시위하는 거 알고 있지?

"네, 꽤 귀엽던데요."

─시위라고 하기보다는 좀 과격한 응원이라고 보는 게 맞겠지만… 뭐, 아무튼 이번 주말에는 많이 몰려왔더라.

교복을 입은 학생부터 회사원들까지 YS 사옥 앞에 모여서 시위 아닌 시위를 하고 있었다.

YS에 누군가 들어갈 때마다 환호하면서 박수를 쳐주고 있었는데, 그 압박감이 대단했다. 석준은 혹여 안전사고가 날까 봐 사옥의 주차장 부근을 개방해 주었다. 그러다 보니 사옥을 가까이에서 볼 수 있는 관광 명소로 떠오르고 있었다. 입장료라도 받았다면 꽤 큰돈을 벌었을지도 몰랐다.

―나 오디션 프로 하나 하는 거 알고 있지?

"그래요? 몰랐어요. 요즘 TV를 안 봐서요."

―야, 너 정말 너무한다. 회사 대표에게 관심 좀 가져줘라.

"하하, 알았어요. 챙겨볼게요."

건우는 대충 무슨 용무인지 알 것 같았다. 석준이 출연하는 오디션 프로 때문이었다.

―나 대신 한 번만 나가줄 수 있겠냐? 갑자기 해외 나갈 일이 생겼거든. UAA 쪽과 여러모로 이야기가 나와서…….

"그래요?"

―음, 뭐… 조건은 다 맞춰줄 수 있어. 날 대체할 사람은 너밖에 없잖냐. 하하!

직급이랄 것도 없었지만 실질적인 영향력은 거의 동등했다. 건우가 벌어들이는 돈이 YS 소속의 모든 이들의 이익을 합친 것보다 훨씬 많았다. YS 직원들의 인식 속에는 대표 바로 밑이 건우라고 생각하고 있었다.

건우는 석준의 부탁은 웬만해서는 다 들어주고 싶었다. 그리고 여러모로 시험해 보고 싶은 것들도 있었다.

그가 예능이라도 나가라고 했다면 군말하지 않고 나갔을 것이다. 그러나 석준은 이런 부탁도 조심스럽게 하고 있었다. 그만큼 서로 이해하면서 아끼는 사이였기 때문이다.

"알았어요."

─하하! 역시 너밖에 없다. 체면이 산다, 살아! 흐흐, 그 녀석들 기가 많이 죽겠구만! 하하하!

"음, 출연해서 심사 같은 걸 하면 되나요?"

─응. 자세한 건 따로 이야기해 줄게. 나중을 위해서라도 경험해 보는 게 좋아. 너도 미래에는 이건우 사단을 이끌고 있을지 모르잖아? 이참에 보는 눈을 키우는 게 좋지.

건우는 예전에 중국에서 심사를 한 적이 있었지만 이벤트 형식이라 냉철하게 보지는 않았다.

'이건우 사단이라……'

건우는 피식 웃었다. 석준은 건우를 위해 미래의 일까지 생각해 두고 있었다. 말은 안했지만 그런 배려가 고마웠다.

그는 역시 좋은 형이었다.

*   *   *

건우가 출연을 승낙하자 빠르게 스케줄이 잡혔다. 월드 투어 이후에 첫 예능 출연이었다.

오디션 프로는 건우가 데뷔하기 이전부터 쭉 고정 시청률을 보장해 주는 프로그램이었다. 한국뿐만이 아니라 해외에서도 오디션 프로는 늘 인기를 끌었다.

한국의 공중파에서 오디션 프로그램을 할 때마다 경쟁률이 엄청났는데, 스스로 재능이 있다고 자부하는 이들이 인생 역전을 위해 문을 두드리는 곳이 바로 오디션 프로그램이었기 때문이다.

그러나 시즌을 거듭하면서 시청률인 하향 곡선을 그리고 있었다. 오디션 프로그램에 질린 시청자들도 많았고 억지 감동 코드와 악마의 편집이라 불리는 부분도 등을 돌린 원인이 되었다.

그럼에도 불구하고 시청률이 꾸준한 것은 YS가 참여해서였다. 예전에는 3대 기획사라 불렸지만 지금은 YS가 한국 최대의 기획사였다. 그 밑으로 박운영이 대표로 있는 코로나 엔터테인먼트, 그리고 유진렬의 시그널 뮤직이 있었다. 저번부터 각 대표가 모두 오디션 프로그램의 심사위원으로 참여하여 시청률을 고정시키고 있었다.

유진렬과 박운영은 오전에 방송국 대기실로 와서 촬영 준비를 했다.

"아니, 진렬이 형, 카메라 돌아가니까 갑자기 공부하는 척하네."

"무슨 소리야. 난 늘 아침에 공부한다고."

"참나……."

박운영이 책을 보고 있는 유진렬의 모습에 고개를 설레 저었다. 유진렬이 보고 있는 책은 요즘 유행하고 있는 '음악과 미술 사이'라는 책이었다. 그리 유명한 책은 아니었는데, 갑자기 베스트셀러가 된 이유가 따로 있었다.

"어휴, 요즘 왜 이렇게 겉멋이 들었어?"

박운영의 말에 유진렬은 씨익 웃을 뿐이었다. 베스트셀러가 된 이유는 건우가 공항에서 이 책을 손에 들고 있었기 때문이다. 책과 함께 커피 잔을 들고 있는 모습은 모든 화보를 씹어 먹을 정도로 엄청난 화제가 되었다.

"그러고 보니 옷도 비슷한데?"

"어울리지 않냐? 우리 애들이 이건우 같다고 난리더만."

"하… 그러다 안티 생겨. 그 말은 금기야."

"아! 죄송합니다. 방금 멘트는 편집해 주세요."

박운영의 말에 유진렬이 카메라를 보며 그렇게 말했다. 박운영과 유진렬이 의자에 앉았다.

대기실에서 참가자들의 서류를 보면서 멘트를 하는 것은

촬영의 시작이었다. 보통 본인 대기실에서 촬영을 했지만 오늘은 둘 다 한 대기실에 모였다. 이번 시즌으로 오면서 '월드 케이팝스타'로 이름을 바꾸고 새롭게 프로그램을 이끌고 있는 김운학 PD 덕분이었다.

김운학 PD가 씨익 웃으면서 둘을 바라보았다.

"오늘 왜 두 분만 모이신 건지 아시나요? 누구 한 분이 지금 자리에 안 계시는데요."

"어? 그러고 보니 석준이 형이 없네."

"그 형 또 혼자 어디 간 거 아냐?"

김운학 PD의 말에 박운영과 유진렬이 의문을 가졌다. YS의 인기가 너무 높아 박운영과 유진렬이 연합하여 대항하는 구도였다.

유진렬이 김운학 PD를 바라보았다.

"무슨 일이에요? 우리 둘 다 불러놓고……."

"네, 영상을 준비했습니다. 함께 보시지요."

김운학 PD의 말이 끝나자 작가가 태블릿 PC를 들고 왔다. 태블릿 PC가 테이블 위에 올라오자 기가 차다는 듯 유진렬이 고개를 설레 저었다.

"인기 많다고 정말 가지가지 한다. 운영아, 안 그러냐?"

"맞아. 석준이 형, 요즘 너무 거만해. 저번까지만 해도 욕 엄청 먹었는데, 요즘 완전 이미지 세탁했잖아."

"그래, 별명도 천사곰이 뭐냐. 참나."

장난스럽게 투정을 하는 둘이었다.

화면이 재생되었다. 멋진 YS 사옥을 배경으로 책과 커피 잔을 들고 있는 석준의 모습이 나왔다. 꽤 그럴듯한 모습이었지만 둘의 눈에는 똥폼을 잡는 걸로 보였다.

"이 형은 더 중증이네. 무섭다, 무서워."

박운영의 말이었다. 석준이 하고 있는 패션은 오로지 건우만이 소화할 수 있다는 건우 패션이었다.

─안녕하세요? YS의 이석준입니다. 다들 잘 지내고 계신가요? 참 좋은 날입니다. 음, 커피 냄새가 참 좋네요.

화면 속 석진은 여유가 있었다. 녹화를 하러 와야 했지만 마음껏 여유를 부리고 있었다. 물론 전날 찍어놓은 영상이기는 했다.

─제가 왜 녹화하러 오지 않고 이곳에 있는지 궁금하시죠? 저는 오늘 인천국제공항에 갑니다. 미국을 가게 되었는데, 제가 없어서 외로워하실 분들을 생각하니 마음이 아프네요. 혹시 지금 울고 계신 것이 아닐까 걱정이 되기도 합니다.

"…오늘 녹화 안 오는 거야?"

"그런가 본데?"

박운영과 유진렬은 돌아가는 상황을 보고 바로 알아차렸다.

─근데, 제가 없으면 아무래도 월드 케이팝스타가 안 돌아

가겠지요? 그래서 제가 특별 심사위원을 초빙했습니다. 정말 대단하신 분입니다. 잘 부탁드립니다.

영상 속 석준이 손을 흔들면서 영상이 끝났다. 유진렬도 방금 전까지 모르던 사실이었다. 어쨌든 이번 녹화는 석준의 대타가 대신하는 것 같았다. 유진렬은 누군지 궁금했다. 박운영도 마찬가지였다. 석준이 추천할 정도면 자신들도 아는 이가 분명했다.

김운학 PD가 유진렬을 바라보았다. 김운학 PD의 입가에는 살짝 미소가 떠올라 있었다. 요즘 들어 스트레스가 극심해서 머리카락이 빠지고 있는 김운학 PD였는데, 웃음을 짓고 있는 모습을 보니 색다르게 느껴졌다.

"유진렬 씨. 짐작 가는 분이 계십니까?"

"음… YS라면 혹시 린다?"

유진렬이 생각하기에는 그래미상을 수상한 린다가 가장 유력한 후보였다. 석준을 대체할 만한 인물은 린다밖에 떠오르지 않았다.

김운학 PD가 박운영을 바라보았다. 박운영도 유진렬의 말에 동의하며 고개를 끄덕였다.

"아무래도 석준이 형을 대체할 특별 게스트는 린다밖에 없죠. 프로듀서로서도 대단하고, 무엇보다 그래미상을 수상한 친구니까요. 린다가 오면 재미있어지겠는데요?"

"그렇지? 아무래도 시기가 시기이다 보니까."

"그래도 이번 녹화에 빠지는 건 타격이 클 텐데?"

둘의 대화에 김운학 PD는 의미심장한 미소를 그렸다. 김운학 PD는 살짝 고개를 끄덕였다. 마치 둘의 추측이 맞는 것처럼 제스처를 취해준 것이다.

둘은 건우가 특별 심사위원으로 올 거라는 생각은 하지 않고 있었다. 잠깐 그런 생각이 들기는 했으나 현실적으로 이루어지기 어렵다고 봤다.

이건우라는 이름이 너무나 커져 버린 탓이 컸다.

"첫 무대를 특별 심사위원님께서 꾸며주실 겁니다."

"음, 그냥 얌전히 환영할 수는 없죠. 자격이 있는지 시험해 봐야 하지 않겠습니까?"

"네, 마음에 안 드시면 두 분께서 상의하신 후 돌려보내셔도 됩니다."

유진렬의 말에 김운학 PD가 대답했다. 유진렬과 박운영이 서로를 바라보며 씨익 웃었다.

"우리 박운영 씨가 얼마나 까다로운지 아세요? 아마 통과하기 힘들 겁니다."

"하하! 그냥 앉힐 수는 없죠. 신고식을 해야죠."

둘은 쉽게 통과시키지 않겠다는 의지가 가득했다. 물론 반쯤은 장난이었다. 대기실 촬영을 마치고 잠시 뒤에 바로 녹화가 들어갔다.

오디션 참가자들도 모두 대기실에 모인 상태였다. 지역 예선을 마치고 본선에 합류한 이들이었다. 모두 50여 명이었는데, 모두 초긴장 상태였다.

오늘 절반 이상이 탈락하는 그런 상황이었다. 참가자들이 모여 있는 대기실은 적막만이 흐르고 있었다. 설치되어 있는 모니터를 통해 무대를 바라보고 있었다.

무대 준비가 끝나자 녹화에 들어갔다. 심사위원 자리 가운데가 비어 있었다. 석준 대신 특별 심사위원이 앉을 곳이었다. MC는 따로 없었고 유진렬과 박운영이 알아서 진행했다. 유진렬은 음악 프로를 진행하고 있기 때문에 주로 큼직한 진행에서는 유진렬이 마이크를 드는 경우가 많았고, 박운영도 재치가 있어 많은 도움을 주었다.

"오늘은 YS 대표 이석준 씨가 사정상 함께하지 못했습니다. 대신 특별 심사위원께서 오셨다고 하는데요. 그분이 누구인지 저희도 모릅니다."

"네, 그냥 곱게 들여보낼 수는 없지요."

"엄정한 기준으로 심사하겠습니다. 그리고 저희 뒤에 계신 30인의 스타 평가단 여러분들도 같이 심사해 주시길 바랍니다. 봐주시면 안 돼요!"

유진렬이 뒤에 있는 사람들을 보며 말했다. 그들은 각 소속사에 소속된 가수들이었다. 그들의 판단은 심사에 영향을 미치지는 못하지만 참가자들에게 별을 달아줄 수 있었다. 별을 가장 많이 단 참가자는 후에 경연 순서를 정하는 등의 이득을 취할 수 있었다.

그래서 미래를 보면 심사위원들뿐만 아니라 평가단을 만족시키는 것도 상당히 중요했다.

"자! 특별 심사위원님. 나와주세요."

유진렬이 그렇게 말하자 모두의 시선이 무대로 집중되었다. 준비하는 데 시간이 걸리는지 조금 기다려야 했다.

"응?"

그때였다. 아주 익숙한 전주가 흘러나오기 시작했다. 지금도 빌보드 차트에서 순위를 굳건하게 지키고 있는 전설적인 노래였다. 타이틀곡도 전 국민이 알 정도로 유명했지만 오히려 지금에 와서 더 사랑을 받은 노래가 있었다.

바로 극악의 난도, 오로지 보컬의 신만이 제대로 부를 수 있다고 알려진 건우의 노래, '이별 그 후'였다. 국내, 그리고 해외의 수많은 가수들이 시도하다가 흑역사를 갱신한 노래이기도 했다.

웅성웅성!

익숙한 반주가 나오자 평가단들이 웅성웅성거렸다.

누가 감히 이 노래를 부른단 말인가? 그들의 머릿속에 설마

하는 생각이 스쳐 지나갔다.

유진렬과 박운영도 마찬가지였다. 패기 좋은 참가자들 중에서 건우의 노래로 오디션에 참가한 자들이 꽤 있었지만 이 노래로 도전하는 사람은 단 한 명도 없었다. 노래방에서조차 부르면 민폐라는 그런 곡이었다.

유진렬이 박운영을 바라보았다.

"에이, 아니겠지."

"저러다가 그냥 석준이 형 나오는 거 아니야?"

박운영은 고개를 설레 저었다.

'국내에서, 아니 해외에서조차 이 노래를 소화하는 사람은 보지 못했어.'

박운영은 기획사 대표였지만 현역 가수이기도 했다. 올해 싱글 앨범을 내고 좋은 반응을 얻기는 했지만 이건우라는 벽에 가로막혀 좀처럼 나아가지 못하고 있었다.

그러나 그는 그 성적을 받고도 기분이 좋았다. 이건우의 바로 밑에 있는 것은 결코 화가 나는 일이 아니었다. 그 역시 지금도 거의 매일 이건우의 노래를 듣는 중이었다. 들으면 들을수록 새로운 것을 발견했고, 감탄만이 나왔다. 나이는 자신보다 한참 어리기는 하지만 존경심마저 가지고 있었다.

전주가 끝나갈 때였다. 너무나 익숙한 목소리가 흘러나왔다.

"뭐야, 진짜야?"

"어?"

"말도 안 돼!"

평가단이 흥분으로 물들었다. 유진렬과 박운영도 눈이 동그랗게 떠졌다. 노래가 계속 이어졌다. 건우가 드디어 무대 위에 모습을 드러냈다.

"꺄아아악!"

"어억!?"

"건느님!"

건우의 모습이 등장하자 평가단이 난리가 났다. 유진렬이 웃음을 터뜨리며 허무한 듯 의자에 푹 주저앉았고 박운영이 벌떡 일어나며 박수를 쳤다. 평가단보다도 더 흥분을 감추지 못하며 몸을 발을 동동 굴렸다. 건우는 살짝 웃음을 머금다가 다시 노래에 집중했다.

현장에 있는 모두가 순식간에 건우의 목소리에 빨려 들어갔다. 대기실에 있던 참가자들도 입을 벌리며 넋을 잃었다. 무슨 일이 일어났는지 믿기 어려운 모양이었다.

"거, 건느님이다!"

"헐! 대박!"

"꺄아아악!"

"특별 심사위원님이 건느님이었어?"

"미쳤다!"

참가자들이 경악 어린 비명을 토해냈다. 이런 반응은 당연했다. 참가자들에게 가장 존경하는 가수를 꼽으라면 대부분이 이건우라고 답할 것이다.

이들에게 있어서 이건우는 가장 닮고 싶은 가수였다. 거의 신앙이라 불러도 무방할 정도였다.

'무대에 서는 건 늘 좋네.'

꽤 오랜만에 무대에 서서 그런지 살짝 흥분이 되었다. 덕분에 조금 더 힘이 과한 감이 있었지만 그것은 음원과는 다른 감동으로 모두에게 다가갔다.

유진렬은 턱에 손을 얹고 노래에 빠졌고 박운영은 일어선 채로 감동 어린 눈으로 건우를 바라보았다. 건우가 한 음, 한 음 내뱉을 때마다 그의 표정이 황홀한 표정으로 물들었다. 온몸을 비틀며 어쩔 줄 몰라 했다.

노래가 클라이맥스로 향해 나아갔다. 건우의 라이브를 처음 듣는 이들은 건우가 내뿜는 위압감에 짓눌려 몸이 덜덜 떨리는 걸 느꼈다. 그리고 마음을 후벼 파는 목소리에 눈시울이 절로 붉혀졌다.

어째서 건우가 라이브의 신이라 불리는지 절실하게 알 수 있었다.

"감사합니다."

노래가 끝나자 건우는 활짝 웃으면서 손을 흔들었다.

"이건우! 이건우!"

평가단이 건우의 이름을 외쳤다. 유진렬과 박운영도 박수를 치며 고개를 내저었다.

"와, 우리 건우 씨가 왔네요. 제가 정말 좋아하는 동생입니다. 우리 촬영도 같이했었죠?"

"아니, 형. 너무 친한 척하는 거 아니야?"

"친한데? 엄청?"

유진렬과 박운영이 티격태격했다. 유진렬과는 뮤직노트 촬영을 해본 적이 있고 꽤 친분이 있었다. 박운영도 예전에 한번 본 적이 있었다. 그 덕분에 어색하게 느껴지지는 않았다.

"안녕하세요. 이건우입니다. 이렇게 대단하신 두 분께 심사를 받게 되어 영광입니다."

"아, 아니, 건우 씨, 그런 말 하지 마세요."

"어우, 부담스러워라. 누가 누굴 심사해요? 오히려 저희가 심사받아야 할걸요?"

유진렬이 손을 빠르게 저으며 말했고 박운영도 감히 건우를 평가할 수 없다는 듯 고개를 저었다. 그래도 해야 하기는 했으니 평가를 들어볼 차례였다.

먼저 유진렬이 마이크를 잡았다.

"건우 씨는 역시 건우 씨네요. 또 한 번 반했습니다. 아니, 왜 이렇게 점점 멋져지세요?"

"일단… 저는 울었습니다. 너무 감동해서요. 음정, 기교… 이런 것들 다 부질없는 것 같아요. 그… 마음을 울리는… 그런 감성을 모두가 본받았으면 하네요. 저 역시 본받고 싶고요. 이번에 같이 심사를 하게 되어 정말 기쁩니다. 많이 배우고 싶네요."

박운영의 눈빛은 뜨거웠다. 열혈 팬이라고 봐도 무방할 정도였다. 당연히 건우는 합격이었다. 별점도 만점을 받았다. 건우가 환호 속에서 심사위원석에 앉았다. 잠시 본격적인 심사를 하기 전에 쉬는 시간을 갖게 되었다.

유진렬이 웃으면서 건우를 바라보았다.

"아니, 거기서 네가 왜 나와?"

"하하, 석준이 형이 부탁해서요."

"그 형 치트키 쓰고 갔네. 참가자들 긴장해야겠다. 이건우 앞에서 노래를 해야 한다니… 나라면 못할 것 같아."

가장 좋아하는 가수가 심사를 해주는 것은 엄청난 압박감으로 다가올 것이다. 잘 보이고 싶다는 욕망과 실수의 두려움을 컨트롤하는 것은 쉬운 일이 아니었다.

"선배님, 안녕하세요?"

"하핫! 이건우 씨 반갑습니다."

"그냥 편하게 대해주세요."

"정말요? 그럼 너도 편하게 형이라 불러. 하하, 건우랑 형 동생을 하니까 정말 좋네. 우리 애들한테 자랑해야겠어."

박운영은 아예 건우 쪽으로 돌아앉았다. 그의 삶은 모두 음악이었고 음악만을 위해 살아가고 있었다.

"아니, 어떻게 그런 목소리를 낼 수 있는 거야? 나는 도저히 이해가 안 되더라. 그리고 그……."

박운영은 녹화도 잊은 채 많은 질문을 했다. 건우는 대선배가 낮은 자세로 물어오는 모습에 부담감을 느꼈지만 하나하나 다 성실하게 답변해 주었다.

박운영은 엄청 좋아했다. 건우는 그의 미소가 굉장히 해맑다고 생각했다.

"우리 사옥에 한번 와주라."

"네, 꼭 들를게요."

"오! 약속한 거다?"

박운영은 건우와 더 이야기를 하고 싶었으나 그럴 수 없었다. 녹화가 다시 시작되었기 때문이다. 평가단들의 시선이 건우에게서 떠나질 않았다.

보다 못한 유진렬이 웃으며 마이크를 들었다.

"저기 평가단 여러분들."

"네!"

"마음은 이해하겠는데, 이제 평가에 집중해 주시길 바랍니다. 이거 건우 씨가 심사에 악영향을 미치고 있는데요."

건우는 유진렬의 말에 살짝 웃었다.

건우는 작게 숨을 내쉬고는 진지한 표정으로 자신에 앞에 놓여 있는 서류를 바라보았다. 참가자들의 정보가 적혀 있는 서류였다. 중학생부터 삼십 대 중반까지 연령층이 다양했다. 제일 많은 것은 역시 고등학생이었다.

'사람을 보는 안목이라……'

석준은 미래를 생각하면 그것을 기를 필요가 있다고 말하고 있었다. 언젠가 자신의 품에서 벗어나 스스로의 힘으로 일어설 것을 예지라도 한 것 같았다.

건우에게는 강력한 무기가 있었다. 석준의 부탁도 있었지만 별다른 고민 없이 바로 흔쾌히 받아들인 이유였다. 재능과 발전 가능성을 볼 수 있는 눈을 단련하기에 딱 좋았다.

'심안이라고 부르는 편이 좋겠지.'

높은 경지에 오른 자들은 보지 않고도 볼 수 있고, 보이지 않는 것도 본다고 했다. 그 말이 이해가 되었다. 익숙해진다면 천군만마보다 더 힘이 되어줄 능력이었다.

유진렬이 마이크를 잡았다.

"깜찍발랄팀 들어오세요."

10명씩 총 다섯 팀으로 구성되어 한 명, 한 명씩 짧게 심사를 치루는 방식이었다. 각 기획사마다 6명씩 뽑을 수 있었고 한 장씩 와일드카드를 지니고 있었다. 확정적으로 뽑는 인원은 18명이었고, 추가 인원으로 3명을 더 뽑을 수 있는 것이다.

'그러고 보니 마음껏 뽑으라고 했지.'

석준은 모든 것을 건우에게 맡기고 갔다. 예능 프로에 속하는 오디션 프로그램이었지만 오디션 프로 출신의 가수들이 꽤 좋은 성적을 남기고 있었다. 오디션을 치르면서 인지도를 높여갔기에 연습생과는 달리 빠른 시일 내에 데뷔할 수 있는 점이 강점이었다. 때문에 석준뿐만 아니라 유진렬, 박운영은 진짜 소속사 가수를 뽑는 것처럼 임하고 있었다.

'YS를 위해서라도 잘해봐야지.'

중국에서 했던 것처럼 이벤트 형식이 아니었기에 신중히 생각해야 했다.

깜찍발랄팀이 들어왔다. 팀 구성은 노래의 색깔이 비슷한 이들로 구성한 것이었다. 모두 고등학생 정도로 보이는 여성 참가자들이었다.

건우가 있는 쪽을 바라보고는 움찔했다. 잔뜩 긴장한 모습이었다. 박운영이 건우를 바라보자 건우가 웃으면서 먼저 마이크를 들었다. 오디션이기는 했지만 진행에 대한 간략한 대본이 있기는 했다. 무시해도 되는 수준이었고 김운학 PD 역시 심사위원들의 재량에 맡기는 편이었다.

"팀 이름이 멋진데요? 팀 소개 부탁드립니다."

건우가 그렇게 말하자 부산스럽게 무언가를 준비했다. 여학생들이 깜찍한 포즈를 잡았다.

"우리는 새콤달콤한 깜찍발랄입니다!"

꽤 귀여운 소개였다. 박운영과 유진렬이 아빠 미소를 짓다가 결국 웃음을 터뜨렸고 건우도 살짝 웃었다. 건우가 참가자들 하나하나와 모두 눈을 맞췄는데, 모두 부끄러운지 시선을 피했다.

아이들이 부끄러워하자 박운영이 웃으며 마이크를 들었다.

"저번에 우리를 봤을 때와는 전혀 분위기가 다른데? 니들 너무한다."

"너네 원래 이렇게 수줍어했냐?"

박운영과 유진렬이 참가자들의 긴장을 풀어주려는 것 같았다. 건우는 저 둘이 진심으로 참가자들을 생각해 주고 있는 것을 느꼈다.

'그러니까 저런 위치에까지 올랐겠지.'

기획사는 사람을 발견하고 키우는 일이었다. 사람의 속이 세상 그 어느 것보다 복잡하다는 것을 건우는 잘 알고 있었다. 타고난 사업 수완이 있어야겠지만 인성이 제대로 되어야 제대로 된 가수들을 배출할 수 있었다.

사실이 아니라고 한다고 해도, 적어도 건우는 그렇게 믿고 있었다.

유진렬이 가장 오른쪽에 있는 여학생을 바라보았다. 키가 아담하고, 훈훈한 미소를 짓게 만드는 귀여운 얼굴이었다.

"김미혜 양부터 시작할게요. 음, 선곡이 특이한데요? 박운영 씨의 노래네요? 이 노래 인기가 꽤 있었죠?"

"네, 제 3집 앨범 타이틀곡입니다. 특별히 애정을 가진 곡중 하나지요. 예선에서 가장 극찬을 받은 만큼 미혜 양이 어떻게 소화할지 정말 기대가 되네요."

박운영의 말에 건우도 고개를 끄덕였다. 박운영의 노래는 90년대를 휩쓸었다고 해도 무방했다. 소울풀한 목소리는 당시에 굉장히 충격적이었다. 패션 센스도 대단했다. 남들보다 앞서가는 그런 감각이 지금의 박운영을 만든 것이다.

건우는 미혜의 정보가 써진 서류를 읽어보았다.

'이건우 같은 가수가 되고 싶다라……'

그렇게 써져 있었다. 자신을 좋아해 주는 것은 기쁜 일이었다. 건우가 마이크를 들자 미혜가 움찔했다. 건우가 웃으면서 바라보고 있었지만 미혜는 강한 압박감을 느꼈다.

"예선 때는 발라드를 부르셨네요. 지금 선곡과는 차이가 많이 나는데, 자신이 있으신가요?"

"네! 자신 있습니다!"

"멋집니다. 그럼 들어볼게요."

"네!"

기합이 잔뜩 들어가 있었다. 건우는 웃는 표정을 지우며 진지하게 미혜를 바라보았다. 날카로운 눈빛이 피부를 찌르는 것 같았다. 미혜는 침을 꿀꺽 삼키고 준비한 곡을 소화하기 시작했다.

건우는 내력을 일으키며 집중해서 미혜를 살폈다.

'괜찮네.'

특별한 재능이 있는 아이였다. 이미 푸른빛으로 빛나고 있는 것을 볼 때 지금도 충분히 재능을 꽃피우고 있었다. 알아서 잘 성장할 재목이었다. 노래도, 춤도 수준 이상이었다. 어째서 그토록 박운영과 유진렬이 극찬을 했는지 잘 알 수 있었다. 나이를 볼 때 가능성은 충분하다 못해 넘쳤다.

그러나 건우의 눈에는 그것만이 들어오지 않았다. 자만하는 마음이 보였다. 그리고 그것이 건우의 귀로도 느껴졌다. 마음가짐은 쉽게 고칠 수 있는 것이 아니었다.

노래가 끝나자 평가단이 환호를 보냈다.

그녀의 얼굴이 떠올라 있는 스크린에는 별이 많이 붙어 있었다. 유진렬과 박운영도 미소를 띠며 그녀를 바라보았다. 미혜 역시 미소를 그렸다. 자신이 해낼 것을 알았다는 듯 확신과 자신감이 넘치는 미소였다.

박운영이 먼저 마이크를 잡았다.

"잘했어요. 호흡이 조금 부족했지만 그건 차차 교정하면 되니 큰 문제는 아니고요. 오늘은 춤에도 재능을 본 것 같아 기쁘네요."

"감사합니다."

"얌전한 친구인 줄 알았는데, 이런 걸 숨기고 있었네. 어우, 욕심이 팍 나는데. 잘했어요. 다음 무대 기대할게요."

그리고 유진렬이 뒤를 이어 말했다. 다음은 건우 차례였다.

"확실히 뛰어나네요."

"감사합니다."

"그런데……."

건우우의 칭찬에 미혜는 대단히 좋아했다. 건우가 다시 말을 잇기 시작하자 모두의 시선이 집중되었다.

"연습 많이 안했죠?"

"네?"

"제가 보기에는 미혜 양은 이것보다 훨씬 잘하실 수 있을 것 같은데요."

건우는 그녀가 좀 더 열정적인 자세로, 간절한 자세로 임했다면, 이것과는 비교도 할 수 없는 무대를 만들 수 있을 거라고 확신했다. 자만심이 노력을 좀 먹는 것은 건우가 겪어본 일이었다.

'앞으로도 쭉 가수 생활을 하려면…….'

모든 일이 그렇지만 이 바닥에서는 철저한 연습과 자기 관리가 필수였다. 자신과 남을 비교하면서 말한다면 꼰대라고 말을 들을 수도 있었다. 하지만 건우는 그럴지라도 조언을 해주고 싶었다. 그게 심안을 지니게 된 자신의 역할인 것 같았다.

건우는 냉정하게 현재 상태를 평가하며 발전할 수 있는 방향성을 제시해 주었다.

말이 조금 길어졌다.

건우의 말투는 온화했으나 민혜의 가슴에 차갑게 꽂혀 들어갔다. 그녀의 눈에서 눈물이 흘렀다. 그건 건우의 말에 상처받아서가 아니었다. 말 한 마디, 한 마디가 소름끼치도록 하나하나 와닿아서, 건우를 제대로 바라볼 수 없었다.

유진렬과 박운영도 건우의 평가와 조언을 들으면서 고개를 끄덕였다. 공감 가는 부분도 많았다. 나이대를 감안해서 평가를 하고 있었는데, 건우는 진짜 프로 가수들을 보는 것처럼 조언을 해주었다.

유진렬과 박운영이 떨어진다는 말이 아니었다. 그저 기준의 차이였다.

이제 합격 발표였다. 합격의 표시로 각 소속사의 카드를 받게 되는데 만약 두 곳 이상 받을 경우에는 참가자가 골라서 갈 수 있었다.

"저희 코로나에서는 김미혜 양을 캐스팅하겠습니다."

"시그널 뮤직에서 김미혜 양을 데려가고 싶네요."

둘은 그렇게 말했다.

"YS에서는 캐스팅하지 않겠습니다."

건우의 말에 미혜는 충격을 받은 것 같았다. 자신이 모든 참가자들을 통틀어 가장 잘한다고 확신하고 있었고, YS가 목표였다. 민혜는 이건우가 심사위원으로 왔다는 걸 알자마자 건우에게 뽑힐 것이라 자신했다. 때문에 더욱 충격은 컸다.

미혜가 다시 눈물을 흘렸다. 그 눈물에 자만심이 조금은 씻겨져 내려갔다.

건우는 긴 한숨을 내쉬었다.

'심사라는 게 역시 편한 자리가 아니구나.'

이제 겨우 첫 심사였지만 그것을 느꼈다. 역시 세상에는 쉬운 일이 없는 법이었다.

계속해서 심사가 이어졌다. 건우는 날카로운 비평보다는 참가자들에게 필요한 것이 무엇인지 짚어주었다. 지금 당장 발전할 수 있는 방법이 아니라, 장기적으로 해야 할 것들을 집어주는 말들이었다.

분명 막대한 도움이 되었으리라.

전반적인 평가나 스타성에 대한 평가에 대해서는 여러 가수들을 키운 소속사 대표인 유진렬과 박운영이 나왔지만, 건우는 자신만이 할 수 있는 말들을 해주었다. 건우는 참가자들의 몸 상태를 누구보다도 더 잘 알았다. 참가자들 본인보다도 훨씬 더 잘 알 수 있었다.

"목에 약간 텁텁하고 걸리는 느낌이 있죠? 어릴 때부터 기관지가 조금 약하셨던 같기도 하구요."

"네? 아… 네! 어릴 때 천식을 조금 앓았어요."

"음, 지금의 연습 방법이 잘못된 것 같네요. 기존에 어떻게 하는지 보여주실 수 있나요?"

건우는 발성을 들어가면서 정확히 짚어주었다. 개인에 맞는 연습 방법을 조언해 주었다. 확실히 좀 더 편한 느낌이 들자 참가자가 눈물을 터뜨렸다.

건우는 더 말하지 않고 마이크를 내렸다. 박운영이 마이크를 들며 참가자를 바라보았다.

"유진양, 슬퍼서 우는 거 아니죠?"

"흐윽… 네, 너, 너무 감사해서……."

"제가 보기에도 건우씨가 정말 정확히 짚어주셨어요. 한순간에 확확 바뀌는 모습을 보니까 앞으로도 굉장한 발전이 있을 것 같네요."

참가자는 고개를 꾸벅 숙였다. 건우는 지적할 때는 잘 짓지 않았던 미소를 그리면서 고개를 살쩍 끄덕였다.

'가르치는 것도 재미있네.'

가르치면서 배운다는 말이 이해가 되었다. 건우도 심사를 하며 적지 않은 것을 얻을 수 있었다.

건우는 참가자들의 몸짓과 발성, 근골, 그리고 건우를 제외하고는 누구도 볼 수 없는 몸속의 기운까지 고려해 가며 참가자들의 현 상태를 정확히 진단했다.

목 상태나, 몸 상태, 그리고 몸에 어울리는 발성법과 자세 교정, 연습 방법에 대한 조언은 박운영과 유진렬이 놀라울 정도로 세밀하고 정확했다.

건우가 이렇게 세밀하게 해주는 이유는 탈락할지도 모르는 오디션이기 때문이었다. 하나라도 더 희망이 되는 것들을 더 가르쳐 주고 싶었다. 어쨌든 반 이상이 탈락할 예정이었으니 말이다.

여기서 가수의 꿈을 접기에는 아쉬운 참가자들이 많았다. 그리고 포기하지 않겠다는 의지가 선명하게 보여 하나라도 더 알려주고 싶었다.

다음에 더 좋은 성과를 내도록 말이다.

'기특하네.'

자신이 저 나이 때에는 그저 노는 것밖에 생각하지 못했다. 진지하게 미래를 고민하고 하고 싶은 것에 열정과 노력을 다 바치는 참가자들이 기특해 보였다.

박운영이 고개를 설레 저으며 건우를 바라보았다.

"이거 진짜 돈 주고도 못 받을 가르침인데? 어우, 소름 끼쳐."

"나도 건우에게 보컬 트레이닝 좀 받아볼까?"

"진렬이 형은 받아도 안 될걸?"

건우를 띄워주려는 대화가 절대 아니었다. 순수하게 감탄하여 말하는 것이었다. 거의 점을 보듯이 소리를 듣는 것만으로도 참가자들의 상태를 정확히 진단해냈다. 무슨 기계가 아닌가 생각할 정도였다.

두 팀의 심사가 마무리되었다.

박운영과 유진렬이 지금까지 각각 두 명씩 뽑아갔는데, 건우는 아직 한 명도 뽑지 않았다.

다음 팀이 들어왔다. 20대로 이루어진 참가자들이었다. 다른 팀들과 마찬가지로 긴장한 기색이 역력했다. 힐끔거리면서 건우를 보는 이들이 많았다.

건우는 참가자들을 훑어보았다.

'음?'

고개를 푹 숙이고 있는 참가자가 눈에 띄었다. 유난히 긴장하면서 제대로 심사위원들을 보지 못하고 있었다. 다른 참가자들과 비슷한, 약간 탁한 느낌의 보랏빛이었지만 그 중심에는 미세하기는 하나 노란빛이 보였다.

얼마나 노력을 해왔는지 알 수 있었고, 부정적인 마음이 모든 것을 흐릿하게 만들고 있음을 간파했다.

건우는 서류를 뒤져보며 그에 대한 정보를 살펴보았다.

'이름이… 김기준이군.'

더벅머리에 도수 높은 안경을 쓰고 있는 프로필 사진이 눈에 띄었다. 자세도 안 좋아 허리가 약간 굽어져 있었다. 23살이었고 가수라는 꿈을 위해 아르바이트를 하며 버티고 있다고 한다.

할머니와 둘이 살고 있는 가정 사정도 알 수 있었다.

'기대되는데.'

건우는 그를 눈여겨보았다. 비주얼적인 부분에서는 YS나 코로나가 추구하는 느낌은 결코 아니었다. 특별한 무언가가 보이지도 않았다. 건우도 심안이 없었다면 눈길을 주지 않았을 것이다.

다른 참가자들에게 심사를 해주었다. 박운영이 한 명을 더 뽑아가 남은 자리가 서서히 줄어들고 있었다. 유진렬이 김기준을 바라보면서 입을 떼었다.

"그럼, 다음 참가자 김기준 씨 모셔볼게요."

김기준은 쭈뼛거리며 앞으로 나와 마이크 앞에 섰다. 심호흡을 하고는 자기소개를 하기 시작했다.

"안녕하세요. 김기준입니다. 자, 잘 부탁드립니다."

유진렬은 미소로 그를 맞이했고 박운영은 고개를 끄덕이면서 서류를 바라보았다. 건우는 유심히 그를 바라보다가 마이크를 들었다.

"음, 이번이 4번째 도전이라고요?"

"네! 저번 시즌에도 도전했습니다. 1차 예선에서 떨어졌는데……."

"그렇군요."

지금까지 심사평도 좋지 않았다. 박운영과 유진렬은 김기준을 하위 그룹으로 분류해두고 있었다. 유진렬이 전 심사 때 마지막 기회를 줘서 간신히 이곳에 있는 것이었다. 둘 다 혹평을 했는데, 그래서 더 주눅들은 것 같았다.

김기준은 건우를 제대로 바라보지 못했다.

"기준 씨, 저 좀 봐주세요."

"네? 네……."

건우의 말에 기준은 건우와 겨우 눈이 마주쳤다. 그러나 동공이 마구 떨렸다. 자신감이 많이 떨어진 것이 눈에 확 보였다. 앞의 참가자가 박운영과 유진렬에게 극찬을 받아서 더욱 그랬다.

"음, 선곡은 안나 브라운의 노래네요. 편곡도 직접 해오셨다고 하니 기대하고 듣겠습니다."

햄버거 점원에서 인생 역전을 한 주인공, 안나 브라운은 성공한 덕후, 이건우가 발견한 스타라고 불리고 있었다.

그녀의 자서전은 베스트셀러에 올랐고 지금은 심사받는 입장에서 심사하는 입장으로 바뀌었다. 최근에 정규 앨범을 냈는데, 건우의 턱밑까지 추격 중이었다.

미국에서는 그녀를 '이건우 라인'이라고 칭하는 이들이 많았다. 실제로는 라인이고 뭐고 없었지만 에란 로비나 스테판 등, 배우들이 토크쇼 때 자신은 이건우 라인이라고 말한 후부터 생겨나게 되었다. 안나 역시 토크쇼에서 자주 이건우를 언급했다. 건우와는 콘서트 이후로도 가끔씩 연락을 하고 있기는 했다.

아무튼, 요즘 미국에서 인생 역전을 한 사람을 제2의 안나 브라운이라고 부르는 모양이다.

박운영은 선곡을 보더니 고개를 갸웃했다.

"안나 브라운 씨가 요즘 많이 핫하죠. 기준 씨가 선곡한 'Hero'는 듣기는 쉬워 보여도 막상 부르면 굉장히 어려운 노래에요. 개인적으로 슬픈 감성이 장점인 기준 씨와 어울리지 않는다고 생각하는데… 음, 기대하고 들어볼게요."

박운영도 안나 브라운의 노래를 좋아했다. 파워풀하고 리듬감이 있는 노래였다. 듣는 이들로 하여금 시원한 느낌을 주는 곡들은 사랑받을 만했다. 무엇보다 이건우의 영향을 많이 받았다고 하는데, 그러한 부분이 노래에 녹아들어 있었다.

전주가 나왔다. 익숙한 전주에 평가단들은 살짝 흥분하며 김기준을 지켜보았다.

건우는 김기준을 바라보면서 잠시 생각에 빠졌다.

'제 실력의 반도 발휘 못 할 것 같은데.'

무언가를 보여줘야 한다는 압박감, 잘 어울리지 않는 선곡, 실패하면 끝이라는 것에서 나오는 두려움과 긴장이 그를 짓누르고 있었다. 물론, 그것조차 극복하지 못하면서 왜 오디션에 나왔냐고 물어볼 수 있었다. 하지만 건우는 이 오디션이 이미 완성된 실력을 평가하는 자리가 아니라 가능성과 미래를 보는 자리라고 생각하고 있었다. 단순히 평가에서 그치는 것이 아니라 더 잘할 수 있도록 이끌어줘야 한다고 생각했다.

"음……."

"후우."

박운영과 유진렬이 고개를 갸웃했다. 좋은 표정은 아니었다. 건우가 듣기에도 그다지 좋지는 못했다. 일반인보다는 확실히 잘 부르는 것은 맞는데, 어울리지 않는 느낌이 강했다. 긴장으로 인해 음정도 많이 흔들렸다.

"잠시만요. 그만 들을게요."

박운영이 노래를 끊었다. 더 이상 못 듣겠다는 표시였다. 평가단들은 심상치 않는 분위기에 표정이 굳었다.

"듣기 거북하게 들려요. 이 노래의 강점이 하나도 부각되지 않아요. 그렇다면 적어도 자신만의 무언가가 있어야하는데, 그것도 전혀 없고요. 무슨 말인지 아세요?"

김기준은 대답하지 못했다. 유진렬은 부드럽게 웃으면서 마이크를 들었다.

"많이 힘드신 것 같아요. 목소리에서 그게 느껴져요. 박운영 씨 말대로 선곡에서 미스가 있었네요. 차라리 예선처럼 진솔한 무대를 보여주었다면 더 좋았을 것 같아요."

건우의 차례가 되었다. 건우는 김기준이 지닌 잠재력을 잘 알고 있었다. 언젠가는 알을 깨고 날아오를 수 있는 재능이었다. 다만 그 껍질의 두께가 두꺼워서 좌절할지도 몰랐다. 본선까지 올라온 것을 보면 그의 재능에 대해서는 두 심사위원들도 느끼고 있을 것이다. 다만, 상대적으로 주목을 받지 못할 뿐이었다.

건우는 은은한 미소를 띠우면서 부드러운 표정으로 그를 바라보았다.

"저도 심사위원님들과 같은 의견입니다. 음, 개인적으로 편곡은 마음에 들었습니다. 독학하셨나요?"

"…네. 2년 정도 했습니다."

"목소리를 부각시키려는 의도는 좋았습니다. 다만 무대 위에서는 생각했던 것보다 잘 나오지 않은 것 같네요."

건우의 어조는 대단히 부드러웠다. 듣고 있으면 절로 안심이 되는 목소리였다.

"혹시 고운하 선생님의 '편지' 아시나요?"

"네? 네. 아, 알고 있습니다."

"김기준 씨의 간절한 마음과 슬픈 톤이 잘 어울릴 것 같아요. 1절 정도만 부탁할게요. 그냥 가사나 음정이 틀려도 되니까 편하게 불러주세요."

김기준이 멍한 표정으로 고개를 끄덕였다.

"뭔가 느낌이 싸한데."

"그러게. 뭔가 분위기가 심상치 않아."

박운영과 유진렬이 잠시 준비 중인 김기준을 바라보다가 건우 쪽으로 시선을 옮기며 그렇게 말했다. 건우는 별다른 말없이 진지한 표정으로 김기준을 바라보고 있을 뿐이었다.

긴장감이 무대 위에 내려앉았다.

평가단들도 손을 꽉 쥐며 무대를 바라보았다.

김기준은 오히려 전보다 표정이 편해졌다. 이미 탈락했다고 생각했기에 마음이 조금 편해질 수 있었다.

"하얀 종이를 물들이는 편지는……."

김기준이 침착하게 노래를 불러갔다. 단순한 구성의 노래를 부르니 간절함이 느껴지는 목소리와 슬픈 톤이 확 살아났다. 박운영이 은은한 미소를 그리며 그를 바라보았고 유진렬도 씨익 웃었다.

건우도 그러했다. 점점 밝아지는 김기준의 오로라를 보는 것은 대단한 경험이었다. 보고 있는 건우의 마음이 따듯함으로 물들었다.

김기준이 1절을 마치면서 마이크를 내렸다.

"오오!"

"잘한다!"

평가단들이 박수를 먼저 쳤다. 박운영이 놀란 표정으로 김기준을 바라보았다.

"와, 목소리가 확 살아났네요. 제가 기준 씨에게 원했던 게 바로 이거였어요."

박운영이 환하게 웃으면서 그렇게 말했다. 김기준은 갑작스러운 칭찬에 얼떨떨한 표정이 되었다.

건우가 마이크를 들었다.

"잘했어요. 기준 씨가 보여준 단점들은 분명 크지만 저는 그것과는 비교되지 않은 강점이 있다고 생각해요. 저와 같이 고민해 봤으면 합니다. YS에서 캐스팅하겠습니다."

건우가 캐스팅을 한다고 하자 평가단들이 환호성을 질렀다. 김기준이 믿기지 않은 듯 멍한 표정을 짓다가 눈물을 흘렸다. 그러자 박수가 좀 더 커졌다.

"축하해요."

"다음 무대 기대할게요."

박운영과 유진렬은 그를 캐스팅하지 않았다. 웃으면서 축하를 해주었다.

"감사합니다."

김기준이 고개를 꾸벅 숙이면서 뒤로 물러났다.

'이런 점에서는 뿌듯하네.'

여러 마음이 교차되었다. 건우는 차분하게 생각을 정리했다. 건우의 머릿속에서는 이미 어떻게 지도할지 계획이 세워져 있었다.

심사는 계속되었다. 50명의 인원을 심사하는 것은 강행군이었다. TV에서는 주목받은 인물들을 부각시키며 편집했기에 심사 시간이 상당히 짧아 보였지만, 실제로는 굉장히 길었다. 상당한 부분이 편집되는 게 아쉬울 정도였다.

건우는 물론이고 박운영과 유진렬도 상당히 상세하게 심사를 해줘서 더욱 그러했다. 지쳐 보이는 둘과는 달리 건우는 여전히 멀쩡했다. 육체적으로는 물론 정신적으로도 전혀 힘들지 않았다.

'꽤 소득이 있네.'

오히려 심사를 하며 배우는 것들도 많아 더 열정적으로 심사에 임했다. 지치는 느낌이 전혀 없고 매번 새로운 자극의 연속이었다.

건우 덕분에 감동해서 우는 참가자들도 속출했다. 늘 막막함을 느끼며 살았던 참가자들에게는 건우는 한 줄기 빛과도 같았다. 한 줄기 빛이긴 했는데 너무 밝고 굵은 빛이었다.

"진렬이 형은 이제 카드가 없네. 그럼 이제 나랑 건우만 남은 거지?"

"어쩌다 보니 와일드카드까지 다 써버렸네."

박운영의 말에 유진렬이 그가 든 카드를 바라보았다. 유진렬은 여러 카드가 남아 있었지만 박운영은 이미 모든 카드를 소모했다.

유진렬과 박운영이 뽑은 참가자는 확실히 서로의 색깔이 달랐다. 유진렬은 작곡 능력이나 기교, 그리고 감성적인 부분에 많은 중점을 두었고, 박운영은 끼와 재능, 스타성을 많이 보았다.

그들이 뽑은 참가자들의 공통점이 있다면 모두 예선 때 뛰어난 능력을 보여주었다는 점이었다. 지금 모두 자신감이 넘치는 표정으로 무대 옆에 위치한 합격석에 앉아 있었다.

건우에게 선택받지 못한 것이 마음에 안 드는지 건우가 선별한 합격자들이 있는 쪽을 힐끔 바라보기도 했다. 건우가 선별한 이들보다 훨씬 잘한다고 스스로 자부하고 있었고, 보여준 무대 역시 그러했다. 질투의 시선도 느껴졌다.

그러한 시선을 느낀 탓인지 건우가 뽑은 참가자들은 조금 위축되어 보였다.

'내 기준은 다르니……'

건우가 선별한 이들은 스타성이 별로 없어 보였다. 재능이 있는 것 같았지만 크게 부각되지는 않았다. 예선 때 별다른 주목을 받지 못한 이들이 대부분이었다.

그 누구도 저들에게 기대를 품고 있지 않았다.

그러나 건우는 이들이 지닌 잠재력을 누구보다도 더 잘 알고 있었다. 그리고 얼마나 노력을 하는지도 알고 있었다. 건우는 자신의 눈을 믿었다. 심안은 절대 틀릴 수가 없었다.

건우의 입가에 미소가 걸렸다.

'깜짝 놀라게 만들어주지.'

처음에는 그저 석준의 부탁으로 가볍게 나온 것에 불과했지만 심사를 하다 보니 마음가짐이 달라졌다.

다음 무대까지 최대한 재능을 이끌어내고 싶었다. 저들이 자신감을 되찾아 날아오르는 것을 보고 자신의 선택이 옳았다는 것을 증명하고 싶었다. 이번 출연뿐만 아니라 다음 촬영, 그러니까 소속사에서의 트레이닝까지 직접 할 생각이니 증명할 기회는 충분했다.

잠깐의 쉬는 시간을 가졌다가 다시 촬영이 계속되었다.

오디션이 후반으로 치닫자 합격자들의 윤곽이 대부분 드러났다.

건우는 와일드카드를 포함해 총 두 장을 남겨놓고 있었다. 이미 모든 카드를 쓴 유진렬은 아쉽다는 듯 마지막 팀을 바라보았다.

박운영이 마이크를 들었다. 그의 표정은 지쳐 보였지만 좋은 인재를 뽑겠다는 열망으로 가득했다.

"지금 저희 심사위원들 손에는 몇 장의 카드밖에 남지 않았습니다. 긴장이 많이 되시죠?"

참가자들은 고개를 끄덕였다. 마지막은 특히 긴장이 더 되었다. 자리가 몇 자리 안 남아 있다는 것이 피부로 느껴졌기 때문이다.

마지막 팀 참가자들이 차례대로 노래를 불렀다.

무대가 모두 끝나자 건우는 고민에 빠져들었다.

'음⋯⋯.'

건우가 앞서 봐둔 참가자들이 있기는 했다.

앞서서 선택받지 못한 참가자들과 무대 위에 남아 있던 참가자들이 모두 무대에 섰다. 박운영과 건우는 진지한 표정으로 서류를 바라보았다.

"어때? 생각해 놓은 참가자가 있어? 난 와일드카드로 뽑을 친구를 정하긴 했어."

"여러 가지로 조금 고민이 되네요."

"음, 난 이 친구가 괜찮던데."

"저는 이분이요."

"음⋯ 특색이 있기는 했지."

건우와 박운영은 다른 인물을 찍었다.

박운영이 뽑은 이는 외모가 뛰어나지만 가창력 부분이 살짝 아쉬운 참가자였다. 어느 정도 가르치면 바로 데뷔할 수 있는 비주얼이었기에 선택한 것이다. 안타깝지만 이 세계에서는 외모도 재능이 될 수 있었다. 외모, 신체 같은 선천적으로 타고난 능력이 많이 필요한 곳이 바로 가수들이 경쟁하며 살아가는 세계였다.

건우는 외적인 부분은 전혀 보지 않고 재능과 노력, 그리고 느껴지는 인성을 중점으로 보았다. 박운영과 유진렬과는 다르게 참가자들이 보여준 무대는 절대적인 기준이 되지 않았다.

그 무대보다 심안이 더 정확했기 때문이다.

'음, 애매하긴 한데……'

건우는 무대 위에서 두 손을 모으며 눈을 감고 있는 20대 중반의 여성을 바라보았다. 건우가 뽑은 이들과 비슷한 수준의 재능을 지니고 있었지만, 과연 이 프로그램이 끝날 동안 성장할 수 있을지 의문이었다. 예선 때는 좋은 모습을 보여주었으나 오늘 무대는 그렇지 못했다.

건우는 박운영과 제법 길게 대화를 했다. 서로 누구를 뽑을지 고민했고, 각자 원하는 인물을 지명했다. 서로 지명한 인물이 겹치지 않았다.

"제 마지막 남은 와일드카드를 써서 합격자 한 분을 데려오겠습니다."

박운영이 먼저 합격자 발표하자 무대 위에서 희비가 교차했다. 기쁨과 탄식이 교차했다.

와일드카드로 합격한 참가자가 울면서 고개를 숙이고는 박운영이 뽑은 합격자들이 있는 곳에 앉았다. 그 모습을 본 건우는 마음이 짠해졌다.

유진렬이 건우를 바라보면서 마이크를 들었다.

"이제 마지막 한 자리, 또는 두 자리가 남아 있습니다. 특별 심사위원님께서 발표를 가장 마지막으로 미룰 만큼 고민을 많이 하셨는데요. 힘들겠지만 이제 발표하실 시간입니다."

모두가 긴장하는 순간이었다. 건우는 잠시 침묵을 지키다가 마이크를 들었다. 건우에게 모든 이들의 시선이 집중되었다. 여기서 호명되지 않으면 완전히 탈락해서 집으로 돌아가야 했다. 다음번에는 이런 기회가 안 올지도 몰랐다.

'스타라······.'

노력만으로 스타가 되는 일은 상당히 어려웠다. 건우 역시 노력만으로 이 자리에 있는 것이 결코 아니었다. 그것을 알기에 더욱 말을 꺼내기 어려웠다.

잠시 침묵을 지키던 건우가 입을 떼었다.

"워낙 훌륭하신 분들이 많아서 합격자를 선별하는 데 고민이 많았습니다. 오늘 무대를 꾸며주신 모든 분들께 감사드립니다."

건우는 진심을 담아 그렇게 말했다. 건우가 미소와 함께 그렇게 말하자 무대에 감돌았던 긴장이 옅어졌다. 건우는 사람들을 편하게 만들어주는 매력을 지니고 있었다.

　무대 수준이 최고라고 하기에는 무리가 있었지만, 그래도 참가자들이 최선을 다하는 것을 느낄 수 있었기에 건우도 많은 것을 얻어가는 기분이었다. 초심이라는 것에 대해 되돌아보는 계기가 되었다.

　이제 냉정하지만 발표를 해야 했다.

　"그럼 발표하겠습니다."

　건우는 잠시 참가자들을 바라보다가 말을 이었다.

　"오늘 컨디션 난조였지만, 그래도 감정 표현에 강점을 보여준 한소미 씨, 그리고 와일드카드로 가능성을 보여준 이준범 씨를 캐스팅하겠습니다."

　건우가 합격 발표를 하자 평가단들이 박수를 먼저 쳐주었다. 무대 위에 있던 한소미와 이준범은 자신이 뽑힌 것이 믿기지 않은 듯 눈을 동그랗게 떴다. 그러다가 무대에 있던 참가자들이 축하해 주자 눈시울을 붉혔다.

　"모두 수고하셨습니다."

　"다음에 다시 뵈었으면 하네요."

　유진렬과 박운영이 마지막 멘트를 했다. 건우는 마이크를 놓으면서 긴 숨을 내쉬었다. 건우만큼이나 두 사람도 씁쓸한 미소를 그리고 있었다.

　'2주 뒤인가?'

생방송에 진출하는 참가자들을 뽑는 무대였다. 생방송 무대가 있기 전까지 각 소속사에서 트레이닝을 받고, 무대를 준비하게 된다.

소속사 배틀!

그야말로 소속사의 자존심이 걸려 있는 무대였다. 건우가 뽑은 7명 중에서 몇 명이나 위로 올라갈지는 몰랐지만 건우는 자신이 있었다.

박운영이 건우를 바라보며 씨익 웃었다.

"이번에 YS는 긴장해야 할 것 같은데. 나랑 진렬이 형 라인업이 워낙 막강해서 말이야."

"정말 그럴까요?"

"응, 지금 당장 데뷔해도 괜찮은 애들이 많아."

"그럼 재미있겠네요."

건우가 웃으면서 박운영을 바라보았다. 박운영은 아무래도 건우가 이런 심사는 처음이다 보니 냉정하게 뽑지 못한 거라고 생각했다. 물론, 건우가 뽑은 이들은 그도 눈여겨본 참가자들이었다. 하지만 유진렬과 자신이 뽑은 참가자들을 제쳐두고 뽑기에는 의문이 생기는 수준이었다.

건우를 많이 겪어본 유진렬은 박운영의 생각에 동의하지 않았다.

"운영아, 건우는 건우다."

"응? 무슨 말이야?"

"건우가 괜히 뽑았겠냐? 다 이유가 있겠지."

건우는 대한민국 최초로 그래미상을 휩쓴 아티스트였다. 그리고 현재 건우가 작사 작곡한 앨범이 세계를 정복했다. 유진렬은 머리로는 이해 못 했지만 건우의 선택에 무언가 있을 거라고 짐작했다. 박운영은 그런 유진렬의 말에 고개를 끄덕이면서도 자신감을 감추지 않았다.

'YS를 누를 기회야. 건우에게 내 이름을 각인시켜 줄 기회이기도 하고.'

코로나 엔터테인먼트를 조금 더 돋보이게 할 수 있는 기회였고, 건우에게 자신의 능력을 입증해 보일 기회이기도 했다. 개인적으로는 후자가 더 끌렸다.

경쟁은 그에게 늘 좋은 영감을 불어넣어 주었다.

이번에는 더욱 특별했다. 건우는 박운영이 제일 좋아하는 위대한 아티스트였으니까.

'그건 그렇고 참 인성이 좋은 친구야.'

박운영은 무대 위로 올라가 탈락한 참가자들의 이름을 일일이 부르면서 격려해 주는 건우의 모습을 지켜보았다. 카메라가 꺼져 있음에도 마지막까지 조언을 해주면서, 무대 밑으로 내려가는 참가자들을 배웅했다. 그 덕분인지 탈락했음에도 참가자들의 표정이 꽤 밝았다.

"은상 씨, 목 관리 잘하셔야 해요. 지금 더 무리하지 말고 푹 쉬시는 게 먼저예요."

"네! 가, 감사합니다."

"그리고……."

시간이 꽤 지체되자 김운학 PD가 직접 조심스럽게 건우에게 다가왔다. FD가 말리지 못하고 멍하니 서서 경청하고 있었기 때문이다. 차마 건우를 방해할 수 없었다.

"건우 씨, 이제 합격자 대기실로 이동하시지요."

"아, 네."

건우는 마지막으로 인사를 나누고는 따로 합격자들이 모여 있는 대기실로 향했다. 박운영이 건우가 다가오자 피식 웃었다.

"마음이 좀 불편하지?"

"네. 그러네요."

"나는 이쪽에 오래 있다 보니 그런 마음이 좀 무뎌질 때가 있어. 이런 오디션 프로에 오면 다시 되살아나더라. 그래서 섭외를 끊지 못하나 봐. 석준이 형도 아마 같은 마음이겠지."

건우는 고개를 끄덕였다. 참가자들만큼은 아니겠지만 심사위원들도 마음고생이 분명히 존재했다. 합격자들이 있는 대기실은 시끌벅적했다. 유진렬을 선두로 하여 박운영과 함께 안으로 들어갔다.

"와아아아!"

짝짝짝!

심사위원들이 하나둘씩 들어오자 모두 환호와 박수를 치며 심사위원들을 맞이했다. 마지막으로 건우의 모습이 보이는 순간이었다.

"꺄아아악!"

"이건우! 이건우!"

"이건우!"

엄청난 비명 섞인 환호와 함께 건우의 이름이 울려 퍼졌다. 유진렬과 박운영을 맞이할 때와는 전혀 다른 반응이었다. 유진렬과 박운영이 어이가 없다는 듯 참가자들을 바라보았다.

"아니, 너희들도 그러면 어떡해?"

"와, 진짜 너무하네."

유진렬과 박운영이 뽑은 참가자들마저 건우에게 열광했다. 그게 너무 자연스러워서 둘은 자신도 모르게 같이 건우의 이름을 외칠 뻔했다.

"안녕하세요, 이건우입니다."

건우가 살짝 손을 들어 인사하니 환호 소리가 더 커졌다. 마치 건우 팬미팅을 온 것 같은 분위기였다. 거우 환호가 잦아들자 유진렬이 웃으면서 입을 떼었다.

"소속사 배틀에 오신 것을 환영합니다!"

"와아아아!"

"여러분들은 이제 각 소속사에 가서서 집중 트레이닝을 받게 됩니다. 소속팀이 이기게 되면 다음 생방송 무대 때 경연 순서를 정할 수 있는 권한이 부여되니 꼭 힘내주시길 바랍니다."

유진렬이 소속사에 자존심이 걸린 소속사 배틀의 시작을 알렸다. 참가자들이 각자 소속사의 이름을 외치기 시작했다.

"시그널! 시그널!"

"코로나! 코로나!"

"근데 이건우가 최고다!"

"이건우! 이건우!"

소속사 이름이 나오다가 결국 이건우로 통일이 되어버렸다. 유진렬과 박운영은 어쩔 수 없다는 듯 미소를 지으면서 고개를 설레 저었다.

'질 수 없지.'

자신에게 쏠리는 기대는 분명 클 것이다.

건우는 부드럽게 웃고 있었지만 눈빛은 깊게 가라앉아 있었다. 머릿속은 이미 트레이닝 생각으로 가득했다. 건우는 지고는 못 사는 성격이었다.

6. 위대한 트레이닝

건우가 월드 케이팝스타에 출연했다는 소식이 공식 기사화
되어 여러 포털 사이트에 올라왔다. 건우에게 목말라 있는 많
은 팬들을 흥분시키는 소식이었다. 건우는 그리 오랫동안 쉬
지는 않았지만, 건우에 대한 팬들의 갈증은 극심했다.

　〈이건우 특별 심사위원으로 합류!〉
　〈감동의 도가니? 녹화장에 무슨 일이?〉
　〈역대급 감동?〉

철저히 스태프들과 참가자들의 입을 단속했기 때문에 그리 심한 스포일러가 나오지는 않았지만, 녹화장 분위기라든지, 홍보성 내용들은 기자들에게 퍼졌다.

선공개 영상이 공개되었는데, 당연하게도 폭발적인 조회 수를 기록했다. 한국뿐만 아니라 전 세계의 팬들이 몰려와 댓글은 그야말로 혼란 그 자체였다.

sanrose12: 누가 영어로 번역 좀!

감귤맨: 제작진 놈들, 건느님 뒷모습만 잠깐 보여주네.

허브맛: 뒷모습도 개간지ㅋㅋ.

hanjo23: 아, 어떻게 기다림? 이럴 거면 선공개하지 말던가.

댓글이 엄청나게 달렸다. 부정적인 평가가 대부분이었지만 건우를 욕하는 글은 없었다. 악마의 편집을 보는 것처럼 교묘하게 건우의 뒷모습만 살짝 나오게 만든 영상이 문제였다. 아마 제작진 측은 평생 들을 욕을 다 들었을 것이다.

아무튼, 그런 와중에도 소속사 배틀을 위한 준비 기간에 들어갔다. 합격한 참가자들은 준비 기간 동안 각 소속사 숙소에서 지내면서 경연 무대를 준비해야 했다. 무엇보다 중요한 것은 얼마나 실력이 향상했는지 보여주는 것이었다. 경연에서

패하더라도 뚜렷하게 실력이 향상된 모습을 보여준다면 소속사에게는 이득이었다.

촬영이 끝난 후 건우는 오랜만에 서울에 있는 집에서 머물렀다. YS 사옥에서 당분간 촬영을 해야 하니 별장까지 내려가지 않았다.

'음, 일단……'

건우는 집에 머물면서 트레이닝 계획을 짰다. 건우가 뽑은 이들에 대한 정보는 이미 모두 기억하고 있기 때문에 맞춤별 트레이닝 계획을 세울 수 있었다. 소속사에게 있어선 보여지는 이미지도 상당히 중요했기에 YS에서도 준비 작업에 들어갔다.

'새 숙소를 쓰겠네.'

사옥 옆에 새로 지어진 숙소가 있었다. 건우가 가본 적은 없었지만 승엽의 말로는 꽤 시설이 좋다고 한다. 준비를 마친 건우는 사옥으로 향했다. 사옥에서 직접 차를 끌고 YS로 오는 참가자들을 맞이하러 가야 했다.

촬영 스태프들이 미리 기다리고 있었는데, 김운학 PD의 모습도 보였다. YS 사옥의 모습을 화면에 담느라 바빠 보였다. 확실히 증축과 리모델링을 통해서 꽤나 화려한 모습이 된 사옥이었다. 이 정도로 성장한 것은 전부 건우 덕분이라고 해도 과언이 아니었다.

이제는 대한민국 최고의 기획사라는 말이 전혀 어색하지

않았다.

"감독님, 기다리고 계셨네요. 늦어서 죄송합니다."

"아, 아닙니다. 저희가 너무 빨리 왔죠. 건우 씨도 약속 시간보다 10분이나 일찍 오셨는데……."

김운학 PD는 바짝 긴장하고 있었다.

건우는 편하게 대해달라고 말했지만 김운학 PD는 건우를 결코 편하게 대할 수 없었다.

"이 차를 타고 가면 되나요?"

"네, 차 안에 카메라가 설치되어 있습니다. 자연스럽게 행동하시면 됩니다. 스태프들은 차에 동승하지 않고 뒤따라갈 겁니다."

"그렇군요. 알겠습니다."

잠시 이야기를 나누다가 YS 사옥 촬영 협조 이야기가 나왔다. 김운학 PD와 이미 이야기를 나눴지만 다시 한번 확인해 두고 싶은 모양이었다.

"YS 연습생들이 연습 중인 모습만 빼고는 마음껏 찍으셔도 됩니다. 이번에 데뷔하는 그룹이 있어서요."

"아! 네! 정말 감사합니다. 그 부분에 대해서는 절대 유출될 일이 없을 겁니다."

건우는 출발하기 위해 차량 쪽으로 다가갔다.

"건느님 화이팅!"

"꺄아악!"

주차장에 있던 건우는 사옥 쪽이 시끄럽자 시선을 돌렸다. 연습생들이 몰려나와 건우 쪽을 바라보고 있었고 소속 가수들의 모습도 보였다.

엄청 몰려나와 있었다. 이번에 데뷔하는 그룹도 있었다.

─건느님 대박!

─승리한다! 이건우! YS!

─우유빛깔 이건우!

…라고 적힌 플래카드를 들고 있었다. LED까지 달아서 아주 잘 보였다. 건우는 현재 시간을 확인했다.

'…다들 한가한가?'

현재 시각은 아침 5시 47분이었다.

*　　　　　*　　　　　*

김기준은 잠을 이룰 수 없었다. 전날에 있었던 오디션이 꿈만 같았다. 그가 가장 존경하고 좋아하는 가수인 이건우가 직접 심사를 해준 것도 믿기지 않았지만, 그 수많은 천재들 사이에서 자신이 뽑힌 것이 도저히 현실처럼 느껴지지 않았다. 흥분과 설렘 때문에 좀처럼 잠들 수 없었다.

잠을 청하기 위해 침대에 누웠지만 심장이 두근거려 잠이 오지 않았다.

'음……'

결국 핸드폰을 켜고 에드스타에 들어갔다. 요즘 그의 나이 또래 사이에서는 다 아는 블로그가 바로 진우전생록이 연재 되는 블로그였다. 기준은 이어폰을 꼈다. 이미 10번은 더 본 것 같았다. 지금은 한 차례 정주행한 뒤에 이렇게 배경음악을 듣곤 했다.

'매번 들어도 좋네.'

마음을 안정시켜 주었다.

결국 그는 음악 감상을 하다가 한숨도 못 자고 밤을 꼴딱 새고 말았다.

김기준은 새벽 일찍부터 짐을 챙겼다. 임시로 머물렀던 숙 소에서 벗어나 소문만 자자하던 YS로 가는 날이었다. 김기준 은 핸드폰으로 걸려온 전화를 받았다. 그의 아버지였다.

―지금 가니?

"네, 이제 나가려고요."

―그래, 자랑하고 싶은 거 겨우 참았어.

"하하, 방송 나갈 때까지 절대 말하시면 안 돼요."

―알았다!

김기준의 얼굴에 모처럼 미소가 떠올랐다. 부모님에게는 늘 미안한 마음뿐이었다. 매번 떨어질 때마다 실망하실 만도 했지만 늘 격려를 아끼지 않았다. 절대 실망시켜 드리고 싶지 않았다. 때문에 소심한 성격조차 바꾸려고 노력하면서 매번 오디션에 도전한 것이다.

김기준은 시간이 되자 머물렀던 숙소를 빠져나왔다. 빠져나오자마자 바로 카메라가 따라붙었다.

"기준 씨, 오늘 YS로 가시는데 기분이 어때요?"

"꿈만 같아요. 룸메이트로 지냈던 형들이 엄청 부러워하더라구요."

물론 축하한다고 말하면서도 그에 대한 뒷담화를 하는 것도 알고 있었다. 자신도 어째서 붙은 건지 몰랐는데, 남들이야 오죽할까.

김기준은 숙소 앞으로 나와 코로나, 시그널 뮤직, YS라고 적힌 팻말이 있는 곳으로 다가갔다. 김기준 이외에 합격자들이 YS 쪽에 서 있었다.

"아, 안녕하세요?"

"안녕하세요?"

"기준이 왔냐."

한소미와 이준범이 반갑게 기준을 맞이해 주었다. 기준은 YS쪽을 바라보다가 다른 기획사 쪽으로 시선을 옮겼다.

'뭔가⋯⋯.'

뭔가 신기했다. 코로나와 시그널 뮤직 쪽에 있는 사람들은 반짝반짝 빛나는 느낌이었지만 YS쪽의 합격자들은 그런 느낌은 아니었다. 다만 조금 편안하게 느껴졌다.

늘 부러운 눈으로 바라보았는데, 지금은 그 상황이 역전되었다. YS는 다른 두 기획사와는 비교도 되지 않는 기획사였다.

준범이 웃으면서 그의 옆으로 다가왔다. 준범과는 오디션을 통해 나름 친해졌다. 준범을 볼 때마다 자신보다는 남을 더 많이 챙기는 것이 느껴졌다.

"아… 형 떨리네요."

"나도 그래. 무려 YS야. YS. 그것도 건느님이 직접 뽑아주셨어. 자신감이 좀 생긴다."

준범도 상당히 떨리는 듯 몸을 가만히 놔두지 못했다. 시기 어린 시선도 더 이상 그를 막을 수 없어 보였다.

소속사에서 차량을 보내 데리러 온다고 한다. 가장 먼저 도착한 것은 검은 밴이었다. YS 팻말 앞으로 천천히 섰다. 주변에 있던 모두의 시선이 몰렸고 카메라가 따라붙었다.

"오오!"

"와."

운전석의 문이 열리자 주변이 술렁였다. 기준도 마찬가지로 자신도 모르게 소리를 내뱉었다. 건우가 운전석에서 내렸기 때문이다. 다른 기획사 대표들은 개인 스케줄 때문에 따로 버스를 보낸다고 했는데, 건우만이 직접 찾아왔다.

"다들 모였네요. 오늘 엄청 바쁠 것 같으니까 바로 출발하
죠."

그렇게 말하는 건우의 모습은 화보를 찢고 나온 것 같았다.
기준과 준범은 남자임에도 불구하고 눈조차 깜빡이지 못하고
바라볼 뿐이었다. 소미를 포함한 여성 참가자들은 아예 정신
을 차리지 못했다.

건우가 직접 차량의 문을 열어줬다.

"짐은 뒤에 싣게 줘요."

"아, 제, 제가……."

"괜찮아요. 들어가서 앉아 계세요."

건우가 참가자들의 가방을 직접 트렁크에 실었다. 참가자들
이 어찌할 줄 몰라 했지만 건우는 순식간에 짐을 다 싣고 운
전석에 앉았다. 기준과 마찬가지로 참가자들이 모두 얼어버렸
다. 숨소리조차 들리지 않을 만큼 조용했다.

숨 막히는 어색함이 흘렀다. 기준과 준범은 눈동자만을 굴
릴 뿐이었다. 그런 분위기 속에서 건우가 고개를 돌려 뒤를
바라보았다.

"아! 배고프죠?"

"네? 네!"

"예!"

건우의 말이 들리자 모두가 얼떨결에 대답했다.

모두 바짝 긴장하고 있는 모습이었다. 건우의 말, 손짓하나에도 모두 움찔거리고 있었다. 그럴 수밖에 없었다. 눈앞에 있는 사람은 다름 아닌 이건우였다. 대통령을 만나더라도 이것보다 떨리지는 않을 것이다.

"사옥으로 가서 짐 풀고 밥부터 먹죠."

"네!"

건우의 말에 모두가 반사적으로 대답했다.

기준은 YS의 식당에 대해 들어서 알고 있었다. 엄청나게 맛있다는 소문이 들려왔는데, 오랫동안 YS에서 일해온 아주머니들의 솜씨라고 한다. 때문에 다른 어느 곳에서는 맛볼 수 없는 메뉴들이 많다고 해서 신비한 맛집으로 불렸다. YS 식구들 외에는 먹을 수 없는 점이 그 신비함을 더욱 부각시켜 주었다.

드디어 YS 사옥에 도착했다. 이른 아침이었지만 YS 사옥 근처에는 많은 관광객들이 카메라를 들고 있었다.

'사진으로 본 것보다 훨씬 크네.'

마치 대학교를 보는 것 같은 전경이었다.

숙소 앞에 도착했다. 건우가 웃으면서 그들 앞에 섰다. 시키지도 않았지만 기준과 참가자들이 일렬로 줄을 서며 건우를 바라보았다.

"YS에 오신 걸 환영합니다."

건우의 말 뒤로 침묵이 이어졌다.

기준이 박수를 치자 갑자기 모두 박수를 치더니 환호성을 질렀다. 조금, 아니, 상당히 어색하게 느껴지기는 했다.

"이곳에서 다음 경연이 있을 때까지 생활하시게 될 겁니다. 모든 일정은 스케줄 표에 따라 진행되니 나중에 꼭 확인해 주세요."

기준은 방 키를 받았다. 여러 명이서 지낼 줄 알았지만 아니었다. 조금 좁기는 했지만 1인실이었다.

"와, 목욕탕 봤어?"

"완전 장난 아니던데. 워터 파크인 줄."

"여기서 계속 있고 싶다."

여성 참가자들의 말이 들려왔다. 이제 막 도착했음에도 떠나기가 싫었다. 딱 봐도 시설들이 너무 좋았다.

식사 역시 감탄할 수밖에 없었다. 집밥이 전혀 생각나지 않을 정도였다. 식당 아주머니들이 참가자들을 자식처럼 챙겨주었다. 소미 같은 경우에는 살짝 눈물을 흘리고 말았다. 사옥 구경을 하며 놀라는 참가자들의 모습을 찍는 것도 김운학 PD의 계획 중 하나였다.

"여기서 평생 연습하고 싶어."

"콘서트장 봤어?"

"스케일이 장난 아니야."

사옥을 돌아볼수록 참가자들의 감탄만이 들려왔다.

사옥 탐방을 마치고 본격적으로 트레이닝을 받기 위해 이동했다. 커다란 트레이닝 룸에 들어오자 YS의 주요 프로듀서인 린다와 건우를 제외하고 가장 유명한 대표 가수라고 할 수 있는 한별이 기다리고 있었다.

압박감이 대단했다. 오히려 심사 무대보다 더 긴장이 되었다.

드디어 YS의 집중 트레이닝이 시작된 것이다.

그것은 또 다른 전설의 시작이었다.

＊   ＊   ＊

건우에게 있어서 이번 트레이닝은 도전이었다. 자신의 한계를 극복하고 새로운 경지로 나아간 것은 천운, 죽음과 가까울 정도의 노력, 시간이 있었기에 가능했다. 물론·다시 처음부터 그 길을 걸으라 해도 해낼 자신이 있었다. 하지만 자신이 아닌 다른 사람들을 훈련시키는 것은 전혀 다른 이야기였다.

'주어진 시간이 짧은 만큼 수단과 방법을 가리지 말아야겠어.'

오랜만에 도전 욕구가 솟구쳤다. 이렇게 가슴이 뜨거워진 적은 정말 오랜만이었다. 자신이 가진 방법을 모두 동원해서 저들을 성장시켜 보고 싶었다.

건우는 린다, 그리고 한별과 함께 기준, 소미, 준범을 포함한 나머지 참가자들의 노래를 전부 들었다. 퍼포먼스, 댄스 같은 경우에는 한별이 특별히 맡아주기로 했다.

"음… 조금 실망인데."

잔뜩 얼어붙었기 때문일까?

한별이 본 그들의 실력은 그리 좋아 보이지 않았다. 오디션 본선에 올라 생방송 무대 진출을 두고 경연할 실력으로는 보이지 않았다. 린다도 마찬가지인 듯 고개를 끄덕였다.

"건우야, 진짜 괜찮은 거냐?"

"음, 네. 예상대로네요."

"네가 그렇다면 그런 거지만… 네가 직접 다 가르칠 거야?"

"네, 제가 뽑았으니 제가 책임져야지요. YS에 있는 동안은요. 아주 빡세게 굴릴 겁니다."

굳은 표정의 린다가 묻자 건우가 웃으며 대답했다.

건우가 보기엔 이번 오디션에 참가하는 모든 참가자들의 수준은 거기서 거기였다. 결코 그 격차가 크지 않았다.

단지, 건우가 뽑은 이들에게는 다른 이들이 가지고 있지 않은 비장의 무기들이 하나둘씩 숨겨져 있었다.

그것을 꺼내 갈고 닦는 것에는 자신감이 필요했다.

제일 중요한 것은 역시 자신감이었다. 자신감을 얻기 위해서는 스스로의 실력에 대한 믿음이 있어야 했다. 그렇게 되기 위해서는 실력이 팍팍 늘어간다는 것을 그들 스스로가 느낄 수 있게 해주면 되었다.

'그래도 전보다는 밝아졌어.'

YS에 온 것이 긍정적으로 작용하고 있었다. 특히 기준과 소미, 준범이 지닌 빛이 조금 더 밝아져 있었다. 분위기를 읽은 것인지 참가자들의 얼굴이 어두웠다. 건우는 자리에서 일어나며 웃으면서 한차례 박수를 쳤다.

"좋았어요!"

건우가 그렇게 말하자 참가자들이 눈을 동그랗게 뜨며 건우를 바라보았다. 린다와 한별도 마찬가지였다. 무슨 소리를 하냐는 듯한 표정이었다.

"아! 무대가 좋았다는 게 아니라, 발전할 수 있는 부분이 명확히 보여서 좋았어요."

문득 스승님의 얼굴이 떠올랐다. 아마 그의 스승님도 지금 건우와 비슷한 표정을 짓고 있었을 것이다.

"그럼 기준 씨부터 볼까요?"

건우가 기분 좋게 웃으면서 기준에게 다가갔다. 건우는 기준을 세워놓고 그의 몸에 손을 올려놓았다.

"제가 좀 만질게요. 아, 저는 여자를 좋아합니다. 오해하지 마세요."

"네? 아, 하하……."

건우는 자신과 전혀 어울리지 않는 다소 가볍고 썰렁한 멘트까지 일부러 했다.

참가자들이 억지로 웃는 것을 보니 분위기가 많이 풀어졌다. 건우는 기준의 내부를 관조했다. 스트레스가 상당했는지 탁한 기운들이 뭉쳐 있었다. 게다가 그 기운이 목에도 악영향을 끼치고 있었다.

청명한 기운을 흘려 넣자 기준은 머리가 맑아진 느낌을 받았다. 그것을 마냥 느끼고 있을 틈이 없었다. 건우가 계속 기준에게 발성을 시키면서 자세를 교정했기 때문이다.

"아아! 아!"

"약간 더 뒤로 당긴다는 느낌으로."

"윽!"

"멈추지 말고, 다시!"

건우의 눈빛에 이채가 감돌았다.

건우의 기운으로 기준이 내는 소리 자체를 인도할 수 있었다. 그리고 기준이 타고난 선천적인 기운도 올바른 방향으로 전환할 수 있었다.

건우가 이해하는 목소리는 단순한 소리가 아니라 기운과 함께 뿜어져 나오는 것이었다. 그렇기 때문에 말에는 힘과 의지가 깃들 수 있었다.

'생각보다 쉽게 풀리겠는데?'

해답이 바로 보이자 건우의 입가에 미소가 지어졌다.

건우의 교정을 받게 되자 기준의 목소리가 점차 달라지기 시작했다. 기준의 목소리는 약간 쉰 소리가 나는 톤이었다. 좋게 들릴 때는 아주 매력적이었지만, 그렇지 않을 때는 듣기 싫을 정도로 답답하게 들렸다.

그러나 꽤 오랜 시간동안 건우의 트레이닝을 거치면서 점차 목소리에 힘이 살아나기 시작했다. 뿐만 아니라 좀 더 또렷하게 들렸다. 이렇게 듣고 보니 굉장히 매력적인 보이스 톤이었다.

주변 모두가 그 변화에 놀랐다. 촬영을 하고 있던 스태프들도 깜짝 놀라서 감탄을 내뱉었다.

지켜보던 김운학 PD는 주먹을 불끈 쥐었다.

'시청률이 폭발하겠어!'

자신조차 이 극적인 변화에 짜릿함을 느끼는데 시청자들은 오죽하겠는가!

그야말로 대박이었다.

이건우는 그 존재만으로도 흥행을 몰고 오는 스타였다. 그런 스타가 이런 모습을 보여주니 그 파급력이 얼마나 대단할지 짐작조차 하기 힘들었다.

단언컨대 여러 대형 커뮤니티가 월드 케이팝스타의 이야기로 폭발하리라.

김운학 PD는 미국에 간 석준이 아주 오랫동안 돌아오지 않았으면 좋겠다고 생각했다. 그럴 수만 있다면 뭐든지 할 의향이 있었다.

'기왕 갈 가면 오랫동안 계실 것이지……'

그런 생각만이 머릿속에 가득했다. 김운학 PD는 겨우 그런 생각을 지워내며 침을 꿀꺽 삼키고 상황을 지켜보았다.

제일 놀란 것은 역시 기준 본인이었다. 답답했던 부분이 이토록 쉽게 해결될 줄은 상상도 하지 못했다. 기존에 해왔던 버릇은 교정하기 힘들었지만 감을 잡은 것만으로도 엄청난 수확이었다. 희망이 보이니 잃었던 자신감이 생기기 시작했다.

"좋네요. 아까 그 곡 다시 한번 불러볼래요? 아, 잠시만요."

건우는 기타를 들고 와서 의자에 앉았다. 기준이 선곡했던 곡은 기준이 부르기에는 조금 힘든 부분이 있었다. 건우는 직접 즉석에서 편곡해서 기준에게 맞춰줄 생각이었다.

"그냥 편하게 해봐요."

"네? 네! 아, 알겠습니다!"

건우가 기타를 치기 시작했다. 건우는 그가 집중할 수 있도록 기운을 흘렸다. 그것만으로도 어마어마한 도움이 될 것이다.

'음? 효과가 벌써부터 보이네.'

기준에게서 발산되는 오로라가 점점 환해졌다.

그가 가지고 있던 황금빛의 씨앗이 점점 발아되고 있었다. 그 광경은 건우에게도 많은 영감을 주었다. 그림이나 음악으로 표현하면 분명 환상적인 작품을 만들 수 있을 것이다. 건우가 깨달음을 얻는데도 좋은 도움이 되고 있었다.

'가르치면서 배운다는 말이 실감 나네.'

덤으로 기분도 좋았다.

건우의 리드에 맞춰 기준이 노래를 부르기 시작했다.

"오……."

"괜찮은데?"

린다와 한별은 깜짝 놀랄 수밖에 없었다. 처음에 들었던 기준의 노래와는 하늘과 땅 차이였다. 여전히 불안한 점이 보이기는 했으나 그보다도 훨씬 많은 장점들이 뚜렷하게 보였다.

유니크한 음색이 도드라져서 곡을 완전히 살아나게 하고 있었다. 거기에 정확한 발성이 더해지니 예전에는 찾아볼 수 없었던 어떠한 힘까지 느껴지는 듯했다.

건우는 그가 몰입이 되어서 복잡한 생각을 잊을 수 있도록 만들어주었다. 자신이 원하는 무대에 선 감각을 이끌어내었다.

기준이 그동안 발휘하지 못했던 것들이 한 번에 쏟아져 나왔다. 감정이 격해져서 음정이 흔들렸지만 그건 아무런 흠이 되지 못했다. 여기 있는 사람들에게 충분히 감동을 주고 있었다.

기준은 노래를 마치자 한별과 린다가 박수를 쳐주었다. 그리고 참가자들도 놀란 눈으로 기준을 바라보았다.

기준은 멍한 표정이었다. 방금 전 불렀던 노래가 그가 지금까지 불렀던 노래들 중에서 가장 편하게 불렀던 노래였다. 몰입 덕분에 어떻게 불렀는지도 잘 기억나지 않았다. 다만, 노래를 불렀던 감각은 고스란히 몸에 남아 있었다.

"가, 감사합니다!"

기준이 화들짝 놀라면서 고개를 꾸벅 숙였다. 건우도 박수를 쳐주었다.

"기준이 멋지다!"

"잘한다!"

참가자들이 그렇게 외치자 기준이 쑥스럽게 웃었다. 린다와 한별이 기준의 정보가 적힌 서류를 보면서 진지하게 이야기를 나누고 있었다.

"목소리 톤이 예술인데, 왜 아까는 몰랐지?"

"건우 씨의 기타에 맞춰가는 걸 보니까 선천적으로 타고난 재능이 대단하네요."

"이거… 오디션만 아니었으면……."

둘의 반응은 전과는 다르게 대단히 좋았다. 건우는 린다

쪽을 바라보았다.

"이 노래로 편곡해서 내보내면 어떨까요?"

"오, 그래. 나도 작업을 좀 해보고 싶네. 이거… 진렬이 형님이랑 운영이 형님도 긴장해야겠는걸?"

린다도 빨리 작업해 보고 싶은 눈치였다.

기준을 가르치는 데 거의 1시간을 소비했다. 쉬었다가 할까 생각했지만 참가자들의 눈빛이 너무 뜨거웠다. 린다와 한별도 건우의 레슨이 도움이 많이 되는지 자리를 뜰 생각을 하지 않고 있었다.

"그럼 다음은 소미 씨?"

"네! 자, 자, 잘 부탁드립니다."

소미가 쭈뼛거리면서 건우의 앞으로 다가왔다.

건우는 최선을 다해 소미를 가르쳤다. 기준보다도 문제가 심각해 조금 더 시간이 걸렸지만 확 바뀐 모습을 보일 수 있었다.

점심시간을 훌쩍 지나고 저녁이 되어서야 건우의 레슨이 끝났다. 점심을 굶어서 지칠 만도 한데 모두의 눈빛이 반짝반짝했다.

하나라도 더 배우고 싶어 하는 열정이 피부로 느껴졌다.

건우는 그 열정을 외면할 수 없었다. 아예 일정을 처음부터 끝까지 같이하기로 결정했다.

'2주 뒤가 기대되는걸?'

시간은 촉박했지만 고강도 트레이닝을 통한다면 지금보다도 훨씬 좋아질 여지가 있었다. 오늘 트레이닝을 통해 자신이 그렇게 만들 수 있다는 확신을 하게 되었다.

'석준이 형도 깜짝 놀랄 것 같은데.'

건우는 진심으로 다음 무대가 기대되었다. 모두가 놀라는 모습을 상상하니 대단히 즐거웠다.

            *   *   *

참가자들이 YS에 들어온 이후부터 혹독한 훈련에 들어갔다. 마치 훈련소에 입소한 것처럼 아주 빡빡한 스케줄을 소화해야만 했다. 모두 건우가 하나부터 열까지 짠 것이었다.

다소 무리하게 느껴지는 일정이었지만 건우가 처음부터 끝까지 함께하니 불평불만이 있을 수가 없었다. 건우는 그럴 생각을 할 틈조차 주지 않고 있었다.

"허억! 주, 죽을 것 같아!"

"으윽!"

"으아아아!"

아침에 일어나자마자 몸을 풀고 체력 단련에 들어갔다.

"멈추지 말고 달려!"

"아, 아윽!"

"한 바퀴 더!"

"네, 넷!"

건우가 가장 중요하게 생각하는 훈련이었다. 체력이 뒷받침되어야 건강한 목소리가 나올 수 있었고 트레이닝의 중점 중 하나인 몸 안의 기운 역시 더 맑고 건강해질 수 있었다.

그 외에도 체력은 모든 일을 하는데 근간이 되었다. 이번 기회에 습관을 들여놓으면 살아가는 데 큰 힘이 되어줄 것이다.

겨우 2주로 무슨 체력을 늘리느냐고 따질 수도 있지만 그건 건우를 과소평가한 일이었다. 건우가 맑은 기운을 불어넣어 주니 체력이 비약적으로 불어났다. 건우의 내력은 운동선수라면 환장할 법한 힘을 지니고 있었다.

"오, 너 살 좀 찐 듯? 훨씬 보기 좋네."

"넌 빠진 것 같은데?"

참가자들이 서로를 그렇게 평가했다. 새벽부터 아침 식사 전까지 이어진 체력 단련은 참가자들의 신체를 전보다 훨씬 좋게 만들어주었다. 기준 같은 경우에 근육과 살이 붙어 훨씬 보기 좋았다.

"선생님, 너무 대단하셔. 무슨 짓을 해도 살이 안 빠졌는데……"

소미는 살이 많이 빠졌다.

외모의 변화를 통해 다시 찾은 것은 역시 자신감이었다. 소미는 주위 시선에 움츠러들고 우울해 했는데 지금은 외모에 자신감이 생기니 표정이 밝아졌다. 기운과 체질 변화를 통한 결과물이었다.

"선생님의 운동법이 엄청난 것 같아."

"허리가 좀 아팠었는데, 지금은 멀쩡해."

"역시 건느님!"

참가자들은 모두 건우를 선생님으로 부르고 있었다. 공식적인 호칭은 선생님이었고 뒤에서는 건느님, 건우신 등으로 불렸다.

아침 식사를 마치고 나서는 휴식 후에 각자에게 맞는 보컬 트레이닝에 들어갔다. 한 명, 한 명 세세하게 교정해 주다 보면 금방 점심이 되었다.

오후에는 경연 무대를 꾸미는 것에 대해 건우, 그리고 린다, 한별을 포함한 YS 식구들과 회의를 하고 중간 점검을 했다.

기준과 준범 같은 경우에는 작곡 능력도 겸비하고 있어서 린다가 개인적으로 심도 있게 가르쳤다. 그리고 댄스가 가능한 참가자들을 위해 댄스 트레이닝도 진행했다. 저녁까지 이어진 강행군을 마치고 나면 너무 지쳐서 바로 잠자리에 들 수밖에 없었다.

개인마다 차이가 있기는 했지만 기준, 소미, 준범은 확실히 실력이 월등하게 올랐다.

마지막 날에는 체력 단련 후에 바로 공연 점검을 했다. 석준이 미국에서 도착했지만 건우는 석준에게 점검 무대를 보여주지 않았다. 석준은 건우가 뽑은 참가자들의 이름을 보더니 걱정스러운 눈빛이 되었지만 별다른 말은 하지 않았다.

'시간이 더 있었으면 좋겠지만… 적어도 다른 참가자들에게 꿀리지는 않겠지.'

YS를 떠나는 마지막 날 저녁, 건우는 후련한 마음과 함께 아쉬운 마음이 들었다. 조금 더 시간이 있었으면 했다. 미숙한 점이 너무나 많이 보였지만 그래도 스스로 해나갈 기틀을 닦아줬으니 그것에서 만족할 수밖에 없었다.

이 이상은 개인적인 욕심일 뿐이었다.

'오랜만에 별장으로 내려갈까? 아! 연재도 깜빡했네. 댓글이 또 장난 아니겠군.'

갑자기 그 생각이 떠올랐다.

한동안 또 블로그에 들어가지 못했다. 잘은 몰랐지만 건우의 블로그 접속량이 폭주해서 서버가 몇 번 다운되었다고 한다. 진희를 통해 들은 말이었다.

이제는 이쪽에 별다른 관심이 없는 일반인들에게까지 진우라는 이름이 알려지고 있었다. 너무 요란한 취미 생활이 되어

버려 조금 곤란했다. 그렇다고 최선을 다하지 않기에는 그 이야기가 지닌 가치가 대단히 높았다.

아무튼, 건우의 출연은 오늘까지였다. 다음 무대는 정상적으로 석준이 심사위원을 볼 것이다. 건우도 시청자의 입장에서 그들의 무대를 지켜봐야 했다.

제자를 하산시키는 스승의 마음이 이러할까? 단지 2주 동안 같이 생활했을 뿐인데도 조금 공허한 마음이 들었다.

'이제 돌아가야지.'

제작진과의 인터뷰를 마치고 린다와 이야기를 하다가 복도로 나왔다. 마지막 인사를 하기 위해 트레이닝 룸 쪽으로 향했다. 트레이닝 룸 안은 조용했다. 인기척이 느껴졌는데, 너무 조용해서 건우는 고개를 갸웃했다. 마지막 날이라서 시끄러울 줄 알았는데 의외였다.

건우가 트레이닝 룸 안으로 들어간 순간이었다.

팡! 팡!

들어가자 폭죽이 터졌다. 당연히 놀라지는 않았지만 의문이 들었다.

"감사합니다."

"감사해요! 선생님!"

참가자들이 케이크를 들고 있었다. 건우는 그제야 상황이 이해가 되었다. 참가자들이 준비한 케이크는 그리 크지는 않았으나 건우의 눈에는 커보였다. 케이크에는 '러브러브 이건우'라고 써져 있었는데, 피식하고 웃음이 나왔다.

트레이닝을 받느라 시간이 없었을 텐데 이렇게 자신을 위한 이벤트를 해준 것을 보니 마음 한켠이 뭉클했다. 아침부터 저녁까지 2주 동안 얼굴을 맞대고 지냈기 때문에 더욱 그러했다.

오디션 프로에 참가할 때까지만 해도 자신이 이런 감동을 느낄 거라고는 상상하지 못했던 건우였다.

"이렇게 미리 축하하면 안 되는데……."

건우가 웃으면서 그렇게 말했다. 내일 무대를 앞두고 긴장이 풀리면 어쩌나 하는 마음이었다.

"감사합니다. 덕분에 후회 없이 할 수 있을 것 같아요."

"반드시 이길 거예요!"

기준과 소미가 그렇게 말해주었다.

"누가 가르쳤는데, 당연히 잘해야지."

이제는 서로 많이 편해져서 건우가 말을 놓고 있었다. 건우보다 나이가 많은 참가자는 없어 자연스러웠다. 건우도 어느덧 그렇게 나이를 먹은 것이다.

모두 건우를 바라보고 있었다.

건우가 한마디 해야 했다.

"내일 떨지 말고 오늘 했던 것대로만 하면 문제없을 거야.

심사위원분들을 놀라게 해드리자고. 아무튼, 끝나고 연락해.
내가 고기 사줄게."

"와아아!"

"꺄악!"

참가자들이 좋아하는 모습을 보니 흐뭇해졌다. 그들 모두
짧은 시간 동안 몰라볼 정도로 성장해 있었다. 자신도 이번
기회를 통해 조금은 더 성장한 것 같았다.

'나도 아직 어렸구나.'

스스로 어른이라고 생각하고 있었는데, 이번에 자신도 많
이 어렸다는 것을 깨달았다.

기준과 소미가 건우의 눈치를 살피다가 건우가 다른 곳을
바라보고 있자 케이크를 손으로 찍더니 건우의 얼굴에 바르
려 했다.

당하고 있을 건우가 아니었다. 순식간에 케이크를 빼앗아
골고루 얼굴에 발라주었다. 도망치려 했지만 건우의 귀신같은
손놀림을 막을 수는 없었다. 이런 일에 내공까지 쓰는 건 반
칙이었지만 건우는 가차 없었다.

다소 유치하기는 하지만 어쨌든 건우는 도전해 오는 이들
을 웬만하면 용서하지 않았다. 아예 꼼꼼히 전부 다 발라주었
다.

"으악!"

"아! 얼굴에 다 묻었어."

"코, 콧구멍에… 으흑!"

결국 소미와 기준을 포함한 모두의 얼굴이 케이크 범벅이 되었다. 건우는 그 모습을 흐뭇하게 바라보며 맛있게 케이크를 먹었다.

"오늘은 일찍 자라."

첫 제자라고 부를 수 있는 이들이니 부디 잘되길 바랐다.

*   *   *

건우는 바로 별장으로 내려왔다. 경연 무대가 궁금하기는 했지만 방송으로 지켜볼 생각이었다. 대충 결과가 예상이 되기는 했다.

기준 같은 경우에는 완전히 황금빛으로 물들어 버렸기에 적수가 거의 없을 것이다. 아마 이대로 열심히 노력한다면 한국에서 꽤 유명한 가수가 되지 않을까 싶었다.

다시 백수가 되어서 할 일이 없던 건우는 별장에서 백수 생활을 즐겼다. 건우는 일부러 제자들에게 방송이 나올 때까지 결과를 말해주지 말라고 부탁했다. 시청자의 입장에서 생생하게 즐기고 싶었기 때문이다. 결과가 예상된다고는 하나 그래도 미리 알면 재미가 없었다.

건우는 오랜만에 펜을 잡았다. 제자들을 가르치며 많은 것을 느꼈기 때문인지 펜 터치 하나하나가 살아 있었다. 그리고 음악적인 영감도 팍팍 떠올랐다.

건우가 그림에 빠져 있을 때 핸드폰이 울렸다. 국제전화였는데, 크리스틴 잭슨 감독이었다.

'무슨 일이지?'

크리스틴 잭슨 감독과는 보통 톡으로 대화를 많이 했다. 저번처럼 굵직한 일이 아니고서는 전화로 연락을 하는 경우는 드물었다. 건우는 고개를 갸웃하다가 펜을 놓고 전화를 받았다.

"감독님, 오랜만이네요."

─오, 건우, 지금 통화 되나?

"네, 되죠. 근데, 거기는 지금 꽤 이른 시간 아닌가요?"

크리스틴 잭슨 감독의 말투에는 힘이 없었다. 저번에 LA에 갔을 때보다 더 힘이 빠져 있는 모습이었다. 그래도 마지막에는 기운을 차렸는데, 조금 이상했다. 무슨 일이 있는 것 같았다.

─하하, 뭐, 그렇지. 음, 네 목소리를 들으니까 기운이 나네.

"무슨 일 있어요?"

─실은…….

크리스틴 잭슨 감독이 침울한 어조로 설명해 주었다.

라인 브라더스와 합의를 하고 감독직에서 물러났다고 한
다. 재촬영 덕분에 스트레스가 이만저만이 아니었는데, 미루
었던 개봉 날짜를 다시 올 연말로 당기면서 후반 작업 일정이
빠듯해졌다. 게다가 투자자와의 문제도 불거져 잡혀 크리스틴
잭슨 감독은 감독직을 내려놓았다.

이번 '골든 시크릿' 2부에는 중국 자본이 많이 들어가 그쪽
의 요구를 최대한 맞춰줘야 했다. 어느 정도는 감수했지만 더
이상 크리스틴 잭슨 감독은 참을 수가 없었다고 한다.

"그렇군요."

건우로서도 상당히 우울한 소식이었다. 어쨌든 '골든 시크
릿'은 그에게 아카데미상을 안겨준 영화였다. 그의 첫 영화이
기도 하고 말이다.

'안타깝네.'

흥행을 하게 된다면 그들에게 있어서는 옳은 결정이라고 말
해줄 수 있었다. 하지만 그렇다고 하더라도 역시 아쉬운 부분
이 많았다.

—미안하게 되었어.

"아니요. 저한테 미안할 게 뭐가 있어요."

—기껏 시간을 내줬는데…….

"저야 뭐, 돈 받고 촬영한 거니까요. 몇 분 출연하지도 않았
고요."

─음, 그렇게 말해주니 조금 마음이 놓이는 것 같아.

크리스틴 잭슨 감독의 어조가 한결 편해졌다. 꽤 긴 여정을 했으니 그에게도 휴식이 필요해 보였다.

"그럼 이제 백수시네요. 저도 지금 백수인데."

─하하, 그 뭐야, 오디션 프로에 나갔다며?

"보셨어요?"

─당연하지. 얼마 전에 난리도 아니었어. 역시 세계 최고의 가수답더라. 크흐, 그래미상은 괜히 탄 게 아니야.

"그 정도야 보통이죠. 감독님도 세계 최고니까 힘내요."

한국은 당연했지만 북미에서도 건우의 오디션 심사평은 대단한 화제를 몰고 왔다. 건우의 전문적이고 정확한 심사에 대해서 여러 정상급 가수들과 전문가들이 심도 있게 다룰 정도였다. 그 부분만 편집해서 여러 가수 지망생들이 보고 있다는 말도 있었다.

심사위원석에 앉아서 날카로운 눈빛으로 무대를 바라보는 모습 역시 이미 여러 짤방으로 만들어져 인터넷에 돌아다니고 있었다.

"이제 좀 쉬세요. 2년 동안 고생 많으셨잖아요."

─쉬는 것보다는… 이번에 제작사를 차릴 생각이야.

"그래요?"

─영화 제작을 했던 경험을 잘 살려봐야지.

영화감독과 제작자는 달랐다. 영화감독은 연출을 지시하는 사람이고 제작은 제작부를 만들고 제작 전반을 지원하고 총괄하는 사람이었다.

제작에 있어서 자본도 중요했지만 사람이 더 중요했다.

크리스틴 잭슨 감독은 인덕이 대단히 좋은 사람이니 그를 따르는 사람들도 많았다. 건우도 그에게 힘이 되고 싶은 사람 중 하나였다.

"좋은 건수 있으면 연락해 주세요."

─오, 정말? 크흐윽… 고맙다.

크리스틴 잭슨 감독의 감동한 목소리가 들려왔다. 건우는 그의 실력을 믿고 있었기에 그런 말을 아무렇지도 않게 해줄 수 있었다. 건우 자신도 이런 말을 해줄 수 있어 기뻤다.

크리스틴 잭슨 감독과 꽤 오랜 시간 동안 통화를 했다.

─조만한 한국에 놀러갈게.

"네, 언제든지 환영이에요. 다만, 선물은 잊지 마세요."

─하하! 알았어. 아주 좋은 선물을 들고 갈게.

전화를 끊은 건우은 다시 펜을 잡고 한동안 작업을 계속했다. 노래에 대한 영감도 떠올라 녹음실에도 오랫동안 있었다.

'음, 들어가 볼까?'

거의 3주 만에 블로그에 들어갔다. 대대적으로 새롭게 바뀐 모습이 눈에 띄었다. 훨씬 깔끔해졌는데, 아직 테스트 중이기는 하지만 광고 수익을 나눠받을 수 있는 구조도 만들어주었다. 보통 미튜브에서 많이 보던 형식이었다. 동영상이 아닌, 블로그 방문 시에 나오게 할 수 있는 것이 인상적이었다.

'인재들만 모였다는 소리를 듣기는 했는데……'

에드스타는 스마트폰 OS를 만든 회사에서 여러 인재들이 나와 세운 회사라고 한다. 초반에 많은 부진이 있었지만 지금은 꽤 화제가 되고 있었다. 건우 덕분에 유입이 많아졌다는 이야기는 통계적으로 나온 사실이었다.

띠링!

에드스타 측에서 건우를 각별히 신경 쓰는 것이 느껴졌다. 건우가 블로그에 로그인을 한 순간 온라인 아이콘이 블로그 상단에 아이콘이 떴다. 물론, 설정에서 끌 수도 있었다.

'오, 신기하네.'

이것저것 재미있는 부가 기능들이 많이 업데이트되고 있었다. 이제 막 시작하는 기업이다 보니 신선한 아이디어가 바로바로 도입되었다. 캐릭터 채팅창을 통해 실시간으로 방문자와 소통할 수 있는 추가 앱도 있었다. 좋은 아이디어나 기능은 아예 다 넣어버리겠다는 패기가 느껴졌다.

PC뿐만 아니라 스마트폰으로도 간단하게 실행할 수 있어 꽤 좋았다. 디자인도 괜찮았고 UI도 간편했다. 건우는 흥미가 생겨 이것저것 눌러보았다.

"오……."

나름 수익을 창출할 수 있는 부분들이 많이 추가되었다. 게시판 잠금 기능을 통해 유료 게시판을 만들 수 있는 기능도 추가된다고 한다.

건우 덕분인지는 몰라도, 해외에 있는 많은 그림 작가들이 에드스타로 몰려오고 있었다. 에드스타는 물 들어올 때 노를 젓는 방법을 잘 알고 있었다. 여러 가지 비전을 제시하고 있었는데, 상당히 긍정적인 평가를 받고 있었다.

'투자라도 해볼까?'

쌓여 있는 메시지를 확인해 보니 에드스타 측에서 장문의 메시지를 보내왔다. 영어가 아니라 한글로 온 것이 상당히 인상적이었다.

그랜드 마스터 진우 화백님께.

안녕하십니까? 에드스타 패밀리의 골든 피쉬입니다.

화백님의 훌륭한 작품은 저희에게 늘 새로운 감동과 영감을 선사해 줍니다. 저희 에드스타에 작품을 올려주신 것에 대해 무한한 감사를 드립니다. 저희에게 있어서 이루 말할 수 없는 영광이었고 생에 최고의 행운이었습니다. 그러나 그 영광과 행운이 어느 순간 사라질까 두렵습니다.

진우 화백님!

에드스타의 미래에 대해 진지하게 이야기를 나누고 싶습니다. 부디 연락이 가능한 메일이나 번호를 알려주시면 감사하겠습니다. 언제나 진우 화백님의 든든한 후원자, 친구가 되어 드리겠습니다.

진우 화백님께는 에드스타의 추가될 모든 기능이 무료로 제공됩니다. 뿐만 아니라 수익을 함께 나눌 수 있는 방안을 모색하고 싶습니다.

감사합니다.

연락 가능한 메일, 그리고 전화번호가 같이 적혀져 있었다. 이 문제에 대해서는 석준과 상의를 해봐야 할 것 같았다. 독단으로 할 수 있었지만 그래도 자신은 YS에 소속된 연예인이었다. 물론, 해외 계약 같은 경우에는 UAA가 관여하니 절대 손해 볼 일이 없었다.

'마이클은 일 처리가 완벽하니까 말이지. 마이클도 이런 경우는 처음이겠군.'

마이클은 단 한 번도 실망을 시킨 적이 없는 에이전트였다.

"나 왔어!"

진희가 하나 가득 무언가 사가지고 들어왔다. 각종 식재료와 별장을 꾸밀 아이템들이었다. 건우가 의자에서 일어나자 빠르게 다가와 가볍게 입을 맞췄다.

갑작스러운 기습이었지만 건우는 피하지 않았다.

"흐……."

진희가 실없이 웃으면서 건우를 바라보았다. 그녀는 건우를 거의 한 달 만에 보는 거라 그런지 건우에게서 시선을 떼지 못했다. 건우도 마찬가지였다.

"촬영은?"

"내일까지 휴가야."

"그래?"

"차에 짐 있지?"

"응."

건우는 진희와 함께 차에서 짐을 내렸다. 건우를 위해 사온 물품들이 많았다. 촬영하느라 힘들었을 텐데 진희는 늘 건우를 먼저 생각했다.

짐 사이에서 종이봉투에 있는 도시락이 보였다. 다른 것들과는 달리 정성 어린 오로라가 보였다.

"이거 먹어도 돼?"

"아… 응."

노력한 흔적이 보여서 그럴까?

맛은 그럭저럭 괜찮았다. 건우는 진희의 기를 살려주고 싶었다.

"맛있는데? 어디서 산 거야?"

"내가 만들었어."

"정말? 대단한데?"

"알고 있었으면서 거짓말하긴."

건우는 고개를 갸웃했다. 완벽한 연기인 것 같았는데, 진희가 간파한 것이다. 진희는 건우의 엉덩이를 툭툭 치더니 소파에 가서 앉았다.

"휴우, 딱 맞춰왔네."

TV를 키며 그렇게 말했다.

건우는 진희와 같이 월드 케이팝스타를 보기로 했다.

진희는 가방에서 이것저것 꺼냈다. 태블릿 PC과 노트북이었는데, 건우의 팬사이트와 대형 커뮤니티 사이트들을 띄워놓았다. 이번 월드 케이팝스타에서 건우가 출연한 부분의 반응을 보기 위함이었다.

"그렇게까지 할 필요가 있을까?"

"모니터링은 해줘야지! 이런 게 엄청 중요하다구."

"…그래."

"걱정 마. 내가 다 모니터링해 줄게. 악플은 따로 모아두고 있어."

"음……."

어디선가 전문가 포스가 풍겼다. 말릴 수 없을 것 같아 건우는 그냥 그대로 두었다. 오히려 건우보다 건우에 대한 정보를 더 잘 알고 있는 진희였다. 오디션 프로 출연 전에 이런저런 조언을 해주기도 했다.

'자상한 이미지로 가라고 했던가?'

그런데 심사에 열중해 버려 그런 이미지는 구축할 수 없었다. 그래도 진희가 반응이 좋았다고 말해주었으니 나름 잘 풀린 것 같았다. 건우가 가볍게 먹을거리를 만들러 주방으로 향할 때, 월드 케이팝스타가 시작되었다.

이번 월드 케이팝스타는 1부, 2부로 나뉘어 특별편으로 구성되었다고 한다. 폭발적인 시청률을 의식한 것이다.

첫 시작부터 건우의 인터뷰가 나왔다. 의자에 앉아 있는 건우에게서는 어떤 카리스마가 느껴졌다. 화면 속일 뿐이지만 피부에 소름이 끼칠 정도였다.

진희는 지금 건우가 어떤 마음인지 알 것 같았다.

[일부러 실력이 떨어지는 이들을 뽑았다는 비판이 있는데 어떻게 생각하시나요?]

[실력이요? 전혀 그렇지 않습니다. 다른 참가자들보다도 더 제 기준에 부합되었기에 캐스팅한 겁니다. 논란에 대해서는 무대를 보시면 알게 되실 겁니다. 부디 많은 기대를 해주세요.]

진희는 고개를 끄덕였다. 그런 비판이 있기는 했다. 소수에 불과했고 주로 건우의 날카로운 비평과 전문적인 조언에 대한 찬양이 주를 이루었다. 까방권을 거의 핵 방공호 수준으로 두르고 있었기 때문이다.

김운학 PD는 일부러 그런 논란을 확대해서 인터뷰에 넣었다. 진희로서는 마음에 들지 않는 연출이었다.

아무튼, 중요한 건 아니었다. 단호한 어조로 말하는 건우도 멋있었다.

"직접 갔네?"

건우가 직접 차량을 끌고 참가자들을 태워 YS로 향하는 모습이 TV 속에 비추었다. YS의 전경과 최신 트레이닝 룸을 한 번 비춰주고는, 사옥 투어 그리고 트레이닝을 받는 장면으로 바뀌었다.

건우의 트레이닝을 받자 실시간으로 나아지는 모습은 굉장히 놀라웠다. 진희는 바로 실시간으로 커뮤니티 반응을 체크했다.

당도보증: 건느님은 마법의 손이네ㅋㅋ. 손 대면 다 좋아짐ㅋㅋ.

헬파티: 미다스의 손이네.

코딱지코: 나도 만져줬으면 좋겠네. 어떻게 저렇게 순식간에 바뀌냐.

SangSang: 와, 미쳤다. 음색 바뀌는 거 봐라.

메소드: ㅋㅋ누가 못하는 애들 뽑았대?

반응을 쭉 훑어본 진희가 흐뭇한 미소를 지으면서 고개를 끄덕였다. 간혹 나오던 비판은 이제 완전히 사라져 버렸다. 대형 커뮤니티나 이건우 게시판 같은 경우에는 마치 광신도를 보는 것 같이 찬양 일색이었다. 조금 무서울 정도였다.

진희는 이런 분위기를 만드는 것이 얼마나 힘든 일인지 잘 알고 있었다. 이미지 메이킹에 엄청난 노력을 퍼붓더라도 비난은 있게 마련이다.

'팬덤이 너무 거대해진 이유도 있기는 하지.'

진희는 근엄한 표정으로 나름 결론을 내렸다.

이번 편에서는 친근한 건우의 모습을 부각시켰다. 전에 나왔던 모습과는 사뭇 대조되었다. 참가자들과 해맑게 웃으며 장난을 치는 모습이 벌써 캡처되어 여러 사이트들에 올라오기 시작했다. 진희는 지체없이 바로 저장 버튼을 눌렀다.

YS의 트레이닝 편은 분량이 꽤 되었다. 그럼에도 불평이나 불만이 전혀 나오지 않았다. 오히려 다른 기획사 파트가 나올 때마다 불평이 쏟아져 나왔다.

'두 대표님 서운하시겠네.'

괜히 욕을 먹고 있었다.

진희가 느끼기에도 상대적으로 재미가 덜하니 조금 지루해지기는 했다. 두 대표의 분량을 생각해서 과감하게 편집하지 못한 것이 독으로 작용하고 있었다.

건우가 요리를 들고 진희 쪽으로 다가왔다.

"오, 이제 곧 시작하네."

"응? 가볍게 만든다고 하지 않았어?"

"아… 하다 보니까 이렇게 되었네."

가볍게 TV를 보면서 먹을거리를 만들려고 했는데, 순간적으로 몰입해 버린 건우였다. 만들다 보니 거의 만찬 수준이었다. 시작은 가벼운 팝콘류나 맥주와 함께 먹을 소시지 볶음 정도였는데, 지금은 어딘가 내놓아도 꿇리지 않을 메뉴가 되었다. 백수 생활에 익숙해지다 보니 몰입이 너무 쉽게 되는 감이 있었다.

건우가 요리를 내왔을 때 본격적인 경연 무대가 시작되었다.

"석준 오빠다. 머리에 힘 줬네."

"그러게."

"요즘 부드러운 이미지로 간다던데, 그래서 그런가?"

석준과 두 심사위원의 모습이 보였다. 유진렬이 웃으면서 석준을 바라보았다.

[우리 YS의 이석준 심사위원님이 어제 막 미국에서 돌아오셨지요? 지금 정신이 없을 것 같은데요.]

[네, 그냥 아무것도 모르는 상태에서 나왔습니다. 누가 YS로 캐스팅되었는지, 그 정도만 알아요.]

석준은 웃고 있었지만 눈빛은 불안함으로 일렁였다. 그래도 건우를 믿고 있어 침착함을 유지하고 있었다.

박운영이 피식 웃으면서 마이크를 들었다.

[지금 이석준 심사위원님이 후한 점수를 주셨던 참가자분들이 코로나와 시그널 뮤직으로 모두 갔거든요. 많이 불안하신가 봐요?]

[불안이요? 아니요. 누가 캐스팅한 참가자인데요. 지금 그 말씀, 우리 건우를 의심하는 건가요?]

[아, 하하. 아닙니다. 어휴, 그런 말 마세요. 저 또 안티가 늘어납니다.]

세 심사위원은 상당히 케미가 좋았다. 그것이 월드 케이팝 스타가 인기 있는 이유 중 하나였다. 유진렬과 박운영의 얼굴에는 자신감이 가득했다. YS를 누를 거라는 확신이 보였다.

건우는 그 자신감이 읽혀지자 씨익 하고 웃었다.

[그럼 모두 입장해 주세요!]

유진렬의 말에 참가자들이 무대 위로 올라왔다. 다른 소속사의 참가자들보다도 YS의 참가자들이 눈에 확 띄었다.

전체적으로 육체에 균형이 잡혀 보기 좋은 모습이었다. 기준과 소미 같은 경우에는 얼굴이 확 살아나 훈남 훈녀 반열에 들었다.

[오! 아니, YS팀은 왜 이렇게 다들 예뻐지고 멋있어졌어?]

[도대체 2주 동안 무슨 짓을 한 거야?]

[아, 음, 나도 잘 모르겠는데. 하하…….]

게다가 머리부터 발끝까지 국내 최고의 스타일리스트를 통해 꾸며졌으니 유진렬과 박운영, 그리고 석준마저 놀랄 수밖에 없었다.

진희도 눈을 동그랗게 떴다.

"확 바뀌었네? 진짜 마법이라도 쓴 거야?"

"비슷해."

"정말? 그럼 나도 해줘."

"꾸준히 해주고 있는데."

"어?"

진희가 눈을 깜빡였다. 건우는 별다른 말을 하지 않고 웃으면서 다시 TV로 시선을 옮겼다. 그러고 보니 요즘 피부가 좋아지고 왠지 기운이 넘치는 것 같았다.

진희의 마음속에서 건우는 이미 마법사로 굳어져 가고 있었다. 건우가 말해줄 때까지는 직접 물어보지 않고 혼자 추리할 생각이었다.

"첫 순서는 기준이네."

기준과 코로나의 민혜가 붙게 되었다. 감성적인 느낌이 비슷해서 짜인 대진표 같았는데, 전 경연 무대는 민혜가 압도적으로 우세했다. 그래서인지 민혜의 얼굴에도 자신감이 가득했다. 선곡에 대한 박운영의 인터뷰가 나오고 민혜의 연습 과정이 짧게 나왔다.

그리고 바로 민혜가 무대 위로 올라왔다.

"와! '달빛 호수' OST네. 건우야, 옛날 생각나지?"

"그때 꽤 재미있었지."

"응, 되게 좋았어. 근데, 이번 무대는 별로 좋지 않을 것 같아."

편곡을 어떻게 했느냐에 따라 점수가 갈릴 것 같았다. 건우가 부른 대로 한다면 승산이 없었다. 진희는 별 기대를 안 하는 눈치였다. 워낙 듣는 귀가 높아져서 이제는 웬만한 노래에는 감흥조차 느낄 수 없게 되어버렸다.

민혜의 노래가 시작되었다. 각 심사위원들은 기대를 가지며 민혜의 무대를 지켜보았다. 어쨌든 지금까지 가장 좋은 무대를 보여줬던 참가자 중 한 명이었다.

'음, 뭐… 평범하게 괜찮네.'

아마추어 수준에서는 수준급이었다. 심사위원들의 표정이 밝아지는 것이 그 증거였다.

"좀 밋밋한데. 그래도 목소리는 좋네."

진희도 그럭저럭 괜찮은 모양이었다. 심사위원들의 좋은 반응 속에서 무대가 끝났다. 심사평도 좋았다. 석준도 가능성이 있다는 멘트로 심사평을 마무리했다.

기준이 올라오자 제일 먼저 석준이 마이크를 들었다.

[민혜 양이 칭찬을 많이 받아서 조금 긴장이 되실 것 같은데, 괜찮나요?]

[네, 괜찮습니다!]

[자신감 있는 모습, 보기 좋네요.]

기준이 큰 목소리로 외치자 석준이 고개를 끄덕이며 그렇게 말했다. 유진렬과 박운영은 서로를 바라보며 기묘한 표정이 되었다.

[뭔가… 느낌이 싸한데.]

[저 눈빛 봐봐. 뭔가 있어.]

둘은 돌아가는 상황이 무언가 이상하다는 것을 본능적으로 느꼈다. 석준도 처음에는 걱정했는데, 왜인지 안심이 되기 시작했다.

석준이 기준을 보며 말을 이어갔다.

[유진렬 심사위원님의 '그대만'이네요. 음, 본인이 선곡한 건가요?]

[네. 편곡은 선생님, 아! 이건우 특별 심사위원님과 같이 했습니다. 린다 선배님께서도 많은 도움을 주셨습니다.]

[알겠습니다. 그럼 바로 들어보죠.]

세 심사위원들이 진지한 표정으로 기준을 바라보았다. 예전이었다면 긴장을 해서 주눅이 들었겠지만 지금은 아니었다.

건우의 집중 멘탈 트레이닝을 받은 기준은 편안한 표정이었다. 건우가 기세와 압박감을 계속해서 걸어줘서 단련이 된 것이다.

건우는 집중해서 TV를 바라보았다. 건우가 오히려 더 긴장이 되었다.

'잘하겠지.'

건우는 기준이 얼마나 노력했는지 알고 있었다. 이제 보상을 받을 차례였다.

전주가 나왔다. 건우가 직접 기준에게 딱 맞게 편곡을 했다. 기준의 목소리 톤이 더욱 돋보일 수 있게 만들었다.

[그대만, 그대만⋯⋯.]

기준이 노래를 시작했다.

'끝났네.'

딱 첫마디를 내뱉은 순간 건우는 승부가 끝났음을 직감했다. 건우의 입가에 미소가 진해졌다. 진희도 기준의 목소리에 살짝 감탄했다.

[와, 소름 끼쳐.]

[이런 목소리였나?]

유진렬과 박운영이 눈을 동그랗게 뜨면서 기준을 뚫어져라 바라보았다. 크게 놀란 것은 석준도 마찬가지였다. 도저히 믿기지가 않는다는 듯 멍한 표정으로 기준을 바라보았다. 좀처럼 볼 수 없는 석준의 표정이었다. 박운영은 특유의 리듬을 타기 시작했고 유진렬은 부드럽게 웃으면서 기준을 바라보았다. 석준도 입가에 미소가 걸렸다.

진희도 모처럼 노래에 푹 빠졌다.

"노래 좋다. 그대만이 이런 노래였어?"

"연습 때보다 잘하는 것 같아. 아주 좋아."

건우는 기준이 대견했다. 심사위원뿐만 아니라 평가단들도 완전히 기준에게 빠진 듯한 표정이었다.

기준의 노래가 끝나자 박운영이 일어나서 기립 박수를 쳤다. 유진렬은 그 모습을 보고 고개를 저으면서 크게 웃었다. 석준은 미소를 지으면서 박수를 쳤다.

기준은 얼떨떨한 표정이었다. 그렇지만 자신이 잘했다는 확신이 있어 금세 웃을 수 있었다.

박운영이 흥분하며 마이크를 잡았다.

[아니, 도대체 2주 동안 무슨 일이 있었던 거죠? 도저히 믿을 수가 없네요. 방금 진렬이 형, 아니, 유진렬 심사위원님과 이야기를 했거든요. 뭔가 느낌이 싸하다고. 와, 목소리에 힘이 생기니 톤이 확 사네요. 그리고 그 감정을 타는 능력은 정말 타고난 것 같아요.]

[하하, 저기 너무 흥분하신 것 같네요.]

[지금 흥분하지 않게 생겼어요? 지금까지 오디션에서 본 무

대 중에 가장 좋았어요. 심사를 해야 하는데 노래를 듣게 해주셨네요.]

유진렬의 말에 박운영이 자리에 앉지 못하며 심사평을 마무리했다. 유진렬은 웃으면서 심사평을 하기 시작했다.

[YS에 간 것이 기준 씨에게 진짜 큰 도움이 된 것 같네요. 약간 이건우 씨의 모습도 보이는 것 같아요.]

[아… 가, 감사합니다.]

[건우 씨가 왜 기준 씨를 그렇게 높게 평가했는지 이제야 알 것 같아요. 정말 잘했어요. 개인적으로 만점입니다.]

연이은 극찬에 기준이 몸 둘 바를 몰라 했다.

이제 마지막으로 석준이 심사평을 할 차례가 되었다.

[내가 이럴 줄 알았지. 다 계획대로입니다. 기준 씨, 나중에 따로 이야기합시다. 여기 이 두 심사위원분들, 정말 다 별 볼 일 없네요.]

[와, 진짜 이 형, 양심 없네. 대기실에서 그렇게 불안하다고, 어떡하냐고 그랬으면서.]

[지금 박운영 심사위원님께서 오해하시고 계신 모양인데, 저는 기준 씨가 불안한 게 아니라 그쪽이 불안하다고 말한 거예요. 아무튼, 우리 기준 씨가 와.이.에.스에서 참 많은 걸 배운 것 같네요. 하하하!]

석준의 뻔뻔한 말에 박운영은 물론 유진렬조차 질린다는

표정이 되었다.

"와, 석준 오빠 완전 뻔뻔해 보인다."

"그게 매력이지."

"고생은 네가 다 했는데… 저 노래 뜰 것 같아!"

진희의 말에 건우는 웃으면서 고개를 끄덕였다.

민혜가 굳은 표정으로 무대 위로 올라왔다. 민혜와 기준이 나란히 서서 합격과 탈락 발표를 기다렸다. 보통이라면 심사위원들끼리 결정을 위해 서로 이야기를 나눠야 했지만 지금은 그렇게 하지 않았다.

심사위원들이 앞에 놓인 버튼을 눌렀다.

잠시 뜸을 들이는 영상이 나오다가 합격자가 결정되었다.

"예상대로네."

진희의 말처럼 무대를 보니 결과가 다소 뻔하게 느껴졌다. 심사위원석에 붙어 있는 패널에 YS라는 문구가 떴다.

기준이 승리한 것이다.

기준은 잠시 멍하니 무대 위에 서 있다가 눈시울을 붉혔다.

건우는 그 모습을 바라보고 있다가 핸드폰이 울려서 핸드폰을 화면을 켜보았다.

기준: 저 잘했죠?

건우: 그래. 근데, 마지막에 음정이 좀 흔들렸어. 쓸데없는 애드립은 넣

지 마라.

기준: 넵, 알겠습니다. 더 노력할게욥. (사진 첨부)

건우의 답장에 기준이 사진을 보내왔다.

연습실을 배경으로 기준이 활짝 웃고 있는 모습이었다.

지금도 연습을 하고 있는 모양이었다.

건우: 딴짓하지 말고 연습이나 해.

기준: 넵!

건우는 피식 웃고는 답장을 했다.

진희가 건우의 웃는 모습을 보고는 건우의 어깨에 기대어 왔다. 그러면서 건우의 핸드폰 화면을 바라보았다.

"진짜 선생님이네. 기분이 어때?"

"좋아. 그래미상을 다시 탄 것 같아."

건우의 말에는 진심이 가득했다.

기준을 시작으로 본격적인 경연 무대가 시작되었다. 기준이 이보다 더 좋을 수 없는 극찬을 받은 덕분에 YS에 속한 참가 자들의 사기가 올라가고 큰 자신감이 생긴 것이 보였다. 석준의 얼굴도 경연이 진행될수록 더욱 밝아졌다. 반면에 유진럴과 박운영은 매번 감탄하면서 고개를 설레 저었다. YS 참가자들의 실력 향상이 워낙 대단했기 때문이다.

"애들이 다 잘하네? 석준 오빠 좋아하는 거 봐."

"이제 안심해도 되겠는걸."

YS 참가자들은 준비한 노래를 대부분 잘 소화했다. 안타깝게 실수한 이들도 있었지만 그건 건우로서도 어쩔 수 없는 부분이었다.

'그래도 잘했네.'

건우는 그대로 앉아서 2부까지 모두 지켜보았다. 건우가 트레이닝해 준 7명 중 5명이 다음 무대로 가는 기염을 토해냈다. 2명은 실수가 조금 있어 심사위원들이 고민 끝에 탈락시켰다. 탈락하기는 했지만 전 무대에서 극찬을 받은 참가자들과 박빙이었다. 심사위원들끼리 긴 회의를 할 정도였으니 말이다.

제일 실력이 떨어졌던 준범은 연습보다 훨씬 더 좋은 무대를 보여주며 당당히 다음 무대로 진출했다.

가장 큰 이변이었다. 그야말로 YS 천하라고 말해도 과언이 아니었다.

유진렬이 마무리를 하기 위해 마이크를 잡았다.

[생방송 무대로 진출하신 분들 모두 축하드립니다. 인원 구성을 보니 소속사 배틀에서 승리한 소속사는 역시 YS네요. 이거 정말 너무하네요. 진짜 다 가져갔습니다.]

[정말 경이로운 하루였습니다. 저는 좋은 무대를 보여주신 참가자분들은 물론이고, 뒤에서 고생하신 이건우 특별 심사위원님께도 감사의 인사를 드리고 싶네요. 이석준 심사위원님이 아니라 우리 이건우 특별 심사위원님이 이 자리에 나오셨어야 했어요.]

　[와아아아!]

　박운영이 그렇게 말을 덧붙이자 평가단 쪽에서 환호성이 들려왔다. 석준은 그러거나 말거나 활짝 웃고 있을 뿐이었다.

　건우는 아직도 놀라움이 가시지 않은 유진렬과 박운영의 표정을 보며 만족할 수 있었다. 조금 미안하기도 하면서 통쾌했다. 다음 방송부터는 생방송으로 진행된다고 하는데, 끝까지 챙겨볼 생각이었다.

　'오늘은 잠이 잘 오겠는데?'

　옆에서 느껴지는 따뜻한 온기, 그리고 만족스러운 성과. 모든 것이 완벽했다. 박운영의 말대로 정말 경이로운 하루인 것 같았다.

7. 사실 나였어

월드 케이팝스타의 시청률은 고공행진을 이어갔다. 기준이 부른 곡이 음악 차트 상위권에 들기 시작하면서 인기를 입증했다. 그런데 신기한 것은 오히려 건우의 노래가 다시 차트를 역주행했다는 점이었다. 건우가 부른 '달빛 호수' OST까지 역주행하더니 10위권에 들어갔다.

　건우의 이번 앨범은 아직도 차트 상위권에 꾸준히 머물면서 가끔씩 1위를 찍다가 내려왔다. 건우는 이미 싱글 앨범으로 세웠던 최장기 기록을 깨부수고 누구도 넘볼 수 없는 기록을 세웠다. 전문가들은 이 기록을 깰 아티스트는 오로지 이건우 본인밖에 없다고 평가했다.

이제 예능에도 얼굴을 비췄으니 쉬는 것에 대한 정당성을 확보한 건우였다. 더 이상 건우를 막을 것은 없었다. 석준조차도 건우에게 무언가를 부탁하기가 어려웠다. 월드 케이팝스타에서 너무나 큰 활약을 했으니 말이다.

이것저것 하면서 시간을 보내는 와중에 건우는 여러 가지 것들에 흥미가 생겼다. 그동안 수련과 일에 몰두하느라 하지 못했던 것들을 하기 시작한 것이다.

그렇게 나름 보람찬 백수 생활을 즐기고 있을 때 톡이 왔다. 승엽이였다.

승엽: 드디어 형님 승급했다.

건우: 뭔 승급? 술 먹었냐?

승엽: 이제 월드 서버 마스터 티어다. (사진 첨부) 여기까지 오는 데 1년 걸렸다. 나 프로게이머랑 이제 친구임ㅋㅋ.

건우: 그거 아직도 함? ㅉㅉ.

승엽: ㅋㅋㅋ한국 서버 실버레기가 말이 많네ㅋㅋㅋ.

건우: 내가 마음만 먹으면 챌린저 금방 감.

승엽: ㅋㅋㅋ님 수고염. 개소리 오지구요~

리그 오브 히어로. 줄여서 LOH

예전에 승엽과 같이했던 게임이었다. 꽤 오래된 게임이었는데, 지금도 동시 접속자 수 1위를 찍고 있었고, 올림픽 정식 종목으로 들어간다는 소문까지 있었다.

그것 때문인지 2년 전에는 월드 서버가 생겼는데, 월드 서버는 해외 모든 지역에서 접속이 가능한 만큼 경쟁이 엄청 심한 곳이었다. 매일 사건 사고가 끊이지 않는 격전지이기도 했다.

예전에 건우의 티어가 더 높았을 때 승엽을 마구 놀렸던 적이 있었다. 그래서인지 승엽이 계속해서 톡으로 건우의 신경을 건드렸다.

"음……."

결국 게임을 설치한 뒤 월드 서버에 아이디를 만들었다. 닉네임을 뭐로 정할지 잠시 고민하다가 '건우님'으로 정했다. 아이디 옆에 숫자 태그가 붙어서 구별이 가능했기에, 닉네임 중복은 상관이 없었다.

건우는 아주 오랜만에 게임에 접속했다.

건우: 내 닉네임 기억해라.

승엽: 풉키풉키ㅋㅋ. 자기 이름으로 하는 거 보소ㅋㅋ. 패기 지리시네요ㅋㅋ. 근데 실력은 개똥.

건우: 한 달 안에 따라잡는다.

승엽: 눼눼 그러쎄요~ 풉! 만약에 그러면 내가 이건우의 노예로 닉네임

바꿈. 그리고 하라는 거 다 함ㅋㅋ. 수고해라ㅋㅋ.

"하… 이 자식이……."

건우의 눈썹이 구겨졌다. 정말 오랜만에 느껴보는 굴욕감이었다. 잠시 이마를 감싸 쥐다가 건우는 컴퓨터로 향했다. 걸어온 승부는 이겨야 직성이 풀렸다. 그리고 처절하게 박살 내야 잠이 잘 오기도 했다.

'두고 봐라.'

건우는 심호흡을 하며 분노를 가라앉혔다.

잠시 그 자리에 앉아 명상을 했다. 전투에 임할 때처럼 정신과 육체를 최고 수준으로 끌어올렸다. 감각이 극대화되고, 주변의 모든 것들이 뚜렷하게 느껴졌다. 누구라도 상대할 수 있다는 자신감으로 가득했다.

"후우……."

내력이 응집된 숨결이 뿜어져 나왔다. 건우의 몸에서 발산된 투기 덕분에 주변 온도가 조금씩 내려갔다. 흡사 비무를 앞둔 무인 같은 모습이었다. 차가운 기세마저 뿌리며 컴퓨터 앞에 앉았다.

쩌저적!

앞에 있던 유리컵이 마구 진동하더니 금이 갔다.

"시작해 보자."

가볍게 손을 풀고 마우스를 잡았다. 영웅의 협곡에 온 것을 환영한다는 말과 함께 건우의 온 정신이 모니터로 빨려 들어갔다.

당연한 말이었지만 건우의 피지컬은 인간의 한계를 아득히 벗어나 있었다. 그뿐만 아니라 다른 모든 부분도 보통 사람들과는 비교도 되지 않았다. 아니, 천재 축에 속하는 사람들조차 건우의 발끝에도 미칠 수 없었다.

쉴 필요도 없었다. 내력이 충만하니 체력은 전혀 문제가 없었고, 주마다 있는 점검만이 유일한 휴식 시간이었다. 프로게이머라고 하더라도 이렇게 게임을 하지 않을 것이다. 그러면서도 집중력이 전혀 떨어지지 않았다.

[승리했습니다!]

승리! 또 승리!

계속된 연승이었다.

5 : 5 게임이라 전부 다 이길 수는 없었지만, 미친 승률을 자랑했다. 승리할 가능성이 조금이라도 있으면 건우가 미친 피지컬로 모조리 압살했다. 승률도 80%가 넘을 정도였다.

순식간에 건우가 게임을 즐겼던 시절의 티어였던 실버를 떠나 골드, 플래티넘, 다이아에 이르렀다. 그리고 그 기세가 전혀 죽지 않고 바로 마스터 티어까지 올라갔다.

마스터 티어부터는 세계 각 지역에 내로라하는 프로게이머들도 대거 포진해 있어, 아마추어가 그 위로 올라가는 것이 극심하게 힘들었다. 게다가 이곳은 월드 서버였다. 그만큼 프로게이머의 숫자가 많았다.

"더 올라가 볼까?"

승엽의 위치를 넘어선 지 오래였지만 건우는 처절하게 승엽을 밟아주고 싶었다. 같은 마스터 티어라면 승엽이 다소 변명할 여지가 있었다.

"음, 가자. 한번 시작했으니 끝을 봐야지."

기왕 했으니 1위를 찍는 것도 나쁘지 않을 것 같았다. 건우는 쉬는 시간 없이 바로 매칭을 돌렸다.

그 후 오랫동안 계속 게임을 했다.

'너무 쉬운데? 미안할 정도로⋯⋯.'

긴장감은 없었지만 나름 재미있기는 했다.

프로게이머가 상대인 적도 있었지만 너무 손쉬웠다. 양심의 가책이 느껴지기는 했다. 항상 치트키를 켜놓고 하는 것과 다름없는 건우였다. 하지만 모든 건 자신의 실력이니 그렇게 느낄 필요는 없기는 했다.

거의 농락하다시피 박살을 내놓으니 핵이냐는 의심을 받았다. 그러나 바로 아니라는 게임 제작사의 답변이 내려왔다. 건우는 순식간에 챌린저 티어에 도달했다.

세계적인 프로게이머들이 가득한 챌린저 티어였지만 건우

에게는 다 똑같이 보였다.

조금 미안해질 정도로 수준 차이가 났다. 물론, 처음에는 게임에 대한 이해력에서 떨어지는 부분이 있었지만 게임을 하면서 완벽하게 소화해 버렸다. 건우는 챌린저를 넘어 순위 5위부터 주어진다는 레전드 랭크에 이르렀다.

건우는 게임만 돌리느라 알지 못했지만 그의 미친 듯한 플레이는 이미 리그 오브 히어로, 줄여서 LOH의 가장 큰 커뮤니티 '트벤'에서 엄청난 화제가 되었다.

제목: 건우님 챌린저 미친 양학 중 승률 실화임?

진짜 미친 피지컬임.

상대는 세계 톱클래스의 프로 선수인데 상대가 안 돼ㅋㅋ.

커빈 방송 보다가 지렸다.

[동영상 첨부]

초반부터 압살하는 거 보소ㅋㅋ.

캐릭터 상성 개무시하네ㅋㅋ.

커빈이 그래도 유럽 올스타에 뽑혔던 선수인데 상대가 안 돼. 사정거리가 더 짧은데 스킬 샷 다 피하고 지 스킬은 다 처박아 넣네. 무슨 알파고임?

승률 82.4%. ㅋㅋㅋ진짜 미친놈임.

전적 살펴보니 질 만한 게임도 다 캐리했더만ㅋㅋㅋ.

유럽 애들 코리안 김치 파워에 놀라는 중ㅋㅋ.

한국 프로 선수의 부캐라고 의심 중이긴 한데, 누가 저렇게 할 수 있을지 감이 안 잡힌다.

댓글 243

요돌송: 저게 인간 맞냐ㅋㅋ.

애플이글: 캬아! 국뽕 지리네.

쌈닭: 3 : 1도 이겨 버리네. 진성 미친놈이야.

초식왕김바다: 진짜 이건우 본인 아닐까?

ㅡRe: 트롤만믿어: 건느님은 현실 먼치킨인데 협곡에 왜 옴?

ㅡRe: 초식왕김바다: ㄴㄴ. 현실 먼치킨이니까 오는 거임. 접수하러.

ㅡRe: 팩트폭격: ㅋㅋㅋ이건우가 트벤 백수 같은 줄 아냐?

ㅡRe: 초식왕김바다: ㅇㅈ. 근데 이건우 LOH 했었다고 함.

포에버: 건느님 팬으로서 기분 좋다. 협곡도 건느님이 지배하고 있구나. 건느님 스탯으로 협곡 가면 딱 저럴 듯.ㅋㅋ

ㅡRe: 글리: 해외 애들 개좋아함. ㅋㅋ건느님이 다 참교육 시키고 다닌다고ㅋㅋㅋ.

ㅡRe: 패버: 맞음. 레딧에서 맨날 싸우는데, 이번만큼은

애들 다 화기애애함. 건느님으로 세계 통일ㅋㅋㅋ.

엄청난 실력으로 프로든 아마추어든 동등하게 참교육을 해 버리니 화제가 되지 않을 수 없었다. 거기다가 '건우님'이라는 닉네임을 달고 있어 더욱 화제가 되었다.

건우가 연전연승을 이어가자 그 기세를 랭킹 1위까지 이어 갈 수 있을지 한국 유저는 물론 해외 유저의 이목까지 집중되었다. 건우는 그러거나 말거나 목표를 향해 전진할 뿐이었다.

"후우."

드디어 마지막 게임을 끝냈다. 건우는 모처럼 기지개를 폈다.

황금색 트로피로 장식된 아이콘을 받을 수 있었다. 랭킹 페이지를 보니 '월드 랭킹, 1위 건우님'이라는 글씨가 보였다. 월드 서버에는 아이디 옆에 국기가 있었는데, 건우는 태극기를 달고 있었다.

'국가 대표라도 된 기분인데?'

건우는 흡족하게 고개를 끄덕이면서 모니터를 오랫동안 바라보았다. 그 순간 타이밍에 맞춰서 승엽의 전화가 왔다.

"어, 그래."

ㅡ야, 그거, 랭킹 1위 너냐?

"뭐라고?"

ㅡ진짜 너 맞냐고?

"허접한 놈이 말해서 그런지 잘 안 들리네. 여보세요? 말 좀 해봐."

―와… 너 진짜…….

승엽이 어이없다는 듯한 말에 건우는 소리 내어 비웃어주었다. 대단히 통쾌했다.

―아니, 그렇다고 랭킹 1위를 찍어? 설마 지금까지 게임만 했냐?

"그래, 너 때문에 잠도 안 잤다."

―야, 이 미친놈아! 와, 진짜 미쳤네.

승엽은 극장에서 일하다가 실시간 검색어를 보고 깜짝 놀라서 검색해 봤다고 한다. 처음에는 중복된 아이디이겠거니 했는데, 숫자 태그가 같은 것을 보고 바로 전화한 것이었다.

"아무튼 빨리 닉네임 바꿔라."

―이미 바꿨어.

건우가 랭킹 페이지를 검색해 보니 승엽의 닉네임이 진짜 이건우의 노예로 바뀌어 있었다. 건우는 흐뭇한 미소를 지으면서 캡처를 했다.

―너한테 프로 선수단 감독이 막 연락하고 그랬다는데.

"몰라, 다 거부해 놔서."

메시지 함을 보니 메시지가 많이 와 있었다.

―내가 좀 놀렸다고 1위를 찍다니… 와, 이거 진짜 너인 거

알려지면 난리 날 거다.

"뭐 어때? 이미 게임 좀 하는 연예인들은 많은데."

—좀 하는 게 아니니까 그렇지. 프로 선수들 뚝배기를 그렇게 뚜까 패버렸는데.

"계속 유지해 볼까? 요즘 백수인데."

가벼운 말투로 그렇게 말하자 승엽의 한숨이 들려왔다. 그 누구도 일주일 이상 장기 집권을 한 적이 없었다. 게임 제작사 측에서 오죽했으면 2주 동안 1위 자리를 지킬 경우 황금으로 도금된 트로피를 만들어서 집으로 보내준다는 말까지 했겠는가?

—하… 모르겠다. 알아서 해라.

"앞으로 건우님이라고 공손하게 불러라."

—그래서 닉네임을 그렇게 했냐? 나 때문에?

"아! 그리고 나 볼 때마다 90도로 인사해라."

—완전 양아치네. 아오… 빡쳐.

건우는 승엽의 말에 피식 웃었다. 한동안 승엽을 놀려먹을 생각을 하니 굉장히 상쾌했다. 조금 유치했지만, 원래 유치한 게 재미있는 법이었다.

*　　　*　　　*

건우의 백수 생활은 어찌 보면 평범했지만 그 결과는 결코 평범하지 않았다. 승엽이 놀림으로 다시 시작한 LOH는 1위를 계속 유지하는 중이었고, 진우전생록은 역대 최고의 조회 수를 계속 갱신해 가는 중이었다. 진우전생록은 해외 언론에까지 보도되었다.

아직 그리 많은 화수가 쌓인 것은 아니지만, 엄청난 파급력을 만들어가는 중이었다. 한국적인 배경, 그리고 작가가 한국인이라는 것은 거의 팩트이니 한국의 TV 뉴스에도 당연히 출연했다.

하루 방문자가 몇백만에 이르렀고, 누적 방문자 숫자는 억대였다.

건우는 에드스타가 떠오르는 데 결정적인 역할을 했다. 에드스타는 몰려드는 광고 제의에 행복한 비명을 지르고 있었다.

수익을 공평하게 분배한다는 원칙 덕분에 세계 각지에 있는 작가들이 에드스타로 몰려와 자리를 잡았다. 건우는 새로운 시대를 이끈 진정한 의미에서 그랜드 마스터라고 불리고 있었다.

에드스타는 블로그뿐만 아니라 각 블로그를 연결해 주는 플랫폼도 런칭했다. 세계 최고의 보안을 지니고 있었기에 더욱 많은 신뢰를 얻고 있었다.

아무튼, 상황이 너무 커져 버렸다. 건우 스스로가 감당하기 힘들 정도에 이른 것이다. 에드스타 측의 간절한 메시지가 계속해서 쌓여갔는데 더 이상 외면할 수 없었다. 간이고 쓸개고 전부 내줄 기세였다.

"석준 오빠 곧 도착한대!"

"승엽이는?"

"아마 리온이랑 같이 올걸?"

"알았어. 나도 거의 다 끝나가."

건우는 진실을 털어놓고 앞으로의 계획을 짜기 위해 석준을 별장으로 초대했다. 석준에게만 털어놓는 것이 마음에 걸려 두 친구도 불렀다. 가장 믿을 수 있는 친구들이라 걱정할 필요는 없었다.

건우는 요리를 끝내고 그들이 도착하기를 기다렸다.

"갑자기 중대 발표를 한다고 하니 놀랐겠다. 그치?"

"그러게."

건우가 중대 발표를 한다고 하니 석준이 스케줄을 취소하고 바로 온다는 것을 건우가 말렸다. 빠르게 약속 날짜를 잡았는데, 그게 바로 오늘이었다.

진희는 기대된다는 표정이었다.

"반응이 기대되네. 진짜 생각도 못 했을걸? 요즘 석준 오빠랑 리온이 완전 빠져 살던데."

그냥 국내에서 어느 정도 인기가 있었다면 굳이 이런 자리를 만들 필요는 없었다. 그냥 취미 생활로 좀 했었다고 말해도 그냥 가벼운 호응만 들려올 것이다.

그러나 지금 진우전생록으로 인해 일본 만화는 죽었다는 말까지 나오고, 충격을 받은 여러 원로 작가들의 절필 선언까지 나올 정도로 엄청난 파급력을 몰고 다녔다. 평생 펜을 잡아온 작가들은 잘 알고 있었다.

도저히 따라잡을 수 없는 무언가가 있다는 것을 말이다. 아무리 노력해도 닿을 수 없는 길의 존재를 알게 되니 우울증이 걸리기까지 했다.

그러니 중대 발표라고 부를 만했다.

잠시 기다리자 석준이 먼저 도착했다. 석준이 별장 내부를 바라보더니 씨익 웃었다.

"별장 좋은데? 크흐~ 돈 버는 맛이 있나 봐?"

"돈 좀 썼죠."

"야, 더 써도 돼. 누가 뭐라 그러겠냐? 하하!"

석준은 기분이 좋아 보였다. 석준은 건우 옆에 서 있는 진희에게 시선을 옮기더니 씨익 웃었다. 진희는 그저 어색하게 웃으며 시선을 피할 뿐이었다. 석준은 선물을 잔뜩 들고 왔는데 그중에 꽃다발도 있었다. 진희가 꽃다발을 보고 고개를 갸웃할 때 리온과 승엽이 도착했다.

"오오! 후배님! 여기 땅은 개인 사유지라는데, 다 후배님 땅

이이요? 오, 별장도 엄청나네요!"

"엄청 좋은데? 이런 데가 있었으면 미리 말해줬어야지. 앞에 강도 있던데 낚시하고 싶네."

리온과 승엽도 두 손 가득 선물을 들고 왔다. 둘은 모두 별장을 보며 감탄했다. 둘은 건우가 확실히 돈을 쏟아부은 것을 느꼈다.

리온은 테이블에 놓인 요리들을 바라보며 황홀한 표정이 되었다.

"오, 냄새 좋은데요? 진희 선배가 만들었을 리는 없고."

"내가 만든 것도 있거든?"

"그럼, 그거 빼고 먹을게요."

리온과 진희가 투닥거렸다.

일단 식사부터 했다. 건우가 만든 것이니 역시 호평 일색이었다.

가볍게 술을 마시고 모두 거대한 소파가 있는 곳으로 모였다. 모두 중대 발표를 기다리고 있었다.

건우가 뜸을 들이자 리온이 무척이나 궁금하다는 얼굴이 되었다.

승엽은 무언가를 짐작하는 듯했고, 석준은 이미 다 알고 있다는 듯한 표정이었다.

석준은 건우를 바라보면서 의미심장한 미소를 지어 보였다.

"나는 알 것 같은데?"

"알 것 같다고요?"

진희가 눈을 깜빡이면서 석준에게 시선을 옮겼다. 석준은 미소를 지우지 않았다.

"너희, 결혼하냐?"

"네? 가, 갑자기 무슨 말이에요?"

진희의 반응에 석준이 고개를 갸웃했다.

"아니야?"

"정말이에요? 진짜인가요? 실화예요?"

리온이 벌떡 일어나며 호들갑을 떨었다.

건우도 조금 난감한 표정이 되었다. 둘이 어떤 관계인지 석준이나 다른 이들에게 말한 적도 없는데, 이미 모두 알고 있었다. 하기야, 모르는 것이 이상할 터였다.

'결혼이라……'

건우는 당황해하는 진희의 모습에 피식 웃었다. 석준이 일부러 꽃다발을 사 온 이유를 알 수 있었다. 아무튼 이번 중대 발표는 진희에게 맡긴다고 했으니 건우는 그냥 뒤에서 가만히 있을 뿐이었다.

진희가 살짝 얼굴을 붉히면서 고개를 저었다.

"그, 그건 아니에요."

"음, 그래?"

진희의 반응에 석준은 궁금하다는 표정이 되었다. 옆에 있던 리온이 그 말을 듣고는 안심했다. 진희가 그 반응에 눈썹을 꿈틀거렸지만 그냥 넘어갔다.

이번에는 승엽이 손을 들었다. 진희가 승엽을 바라보았다.

"내가 알 것 같은데. 그거 때문에 지금 커뮤니티가 폭발하고 있지."

"어? 알고 있어?"

"나야 뭐, 건우랑은 비밀이 없는 사이니."

승엽이 자신만만하게 말했다. 진희가 건우에게 살짝 시선을 주었지만 건우는 어깨를 으쓱했다. 승엽에게 시선이 모아졌다. 승엽은 잠시 헛기침을 하고는 입을 떼었다.

"얼마 전에 세계 최대의 유저 수를 가지고 있는 게임, 리그 오브 히어로에서 엄청난 화제가 된 사건이 있었죠. 석준이 형님도 아실걸요?"

"아, 그거 알아. 그 월드 서버 1위가 엄청난 승률로 프로게이머들 다 때려 부셨다며. 아이디가 건우님이었지? 음?"

진희도 모르는 일이었다. 진희가 무슨 말이냐는 듯 건우를 바라보았다.

리온도 눈을 동그랗게 떴다. 승엽과 석준, 그리고 리온은 가끔씩 그 게임을 같이했기 때문이다.

리온이 눈을 동그랗게 뜨면서 벌떡 일어났다.

"그 건우님이 진짜 후배님이었어?"

"건우야, 무슨 말이야?"

진희도 건우를 보며 물었다. 건우는 2주가 넘게 1위를 기록하는 중이라 게임 제작사 측에서 트로피 제작에 들어갔다고 한다.

옆으로 빠져 있던 건우가 모이는 시선에 입을 열었다.

"아, 그건 그냥 승엽이와의 내기 때문에 잠깐 한 거야."

"믿을 수 없지만 사실입니다. 저 미친놈… 으후……."

승엽이 고개를 설레 저으며 그렇게 말했다. 석준은 고개를 끄덕였다.

"음, 그거라면 여러모로 이득이 되는 부분도 있겠어. 크으! 이것저것 다 잘하는 만능인데, 게임까지 잘해 버리는 걸 부각시킨다면… 이참에 e스포츠에 투자를 할까? YS 로고를 단 선수단을 탄생시키는 것도 괜찮을 것 같은데. 음? 근데 진희는 몰랐어?"

"네? 네. 그쪽에는 관심이 없어서요. 많이 유명한가요?"

"뭐, 한국 남자라면 거의 다 알지 않을까? 근데 진희가 모르는 걸 보면 아닌 것 같은데?"

진희는 고개를 끄덕였다. 일방적으로 놀라게 하려고 했는데 본인이 놀라 버렸다. 아무튼 건우는 방심할 수 없는 남자였다.

그것마저 아니라고 하자 셋은 머리에 물음표를 띄웠다.

"아무튼, 이제 없죠?"

진희의 말에 모두 고개를 끄덕였다. 이제 드디어 진희 차례가 되었다.

건우는 반응을 기대하며 눈빛을 반짝이고 있는 진희를 보며 살짝 웃었다.

"그럼 모두 일어나시죠!"

"응? 왜?"

석준이 의문을 표하자 진희는 그냥 빨리 일어나라며 손짓했다.

할 수 없이 석준과 다른 이들이 자리에서 일어났다. 진희는 앞장서서 그들을 안내해 주기 시작했다.

진희가 안내해 준 곳은 건우의 작업실이었다. 작업실 방이 상당히 많았는데, 녹음실과 그림 작업실이 확 눈에 들어왔다. 진희는 그림 작업실 안으로 모두를 데리고 왔다. 건우는 제일 마지막에 따라 들어갔다.

"오, 여긴 뭐냐? 처음 보는 것들이 많네."

석준은 작업실을 둘러보며 그렇게 말했다. 전혀 관심이 없던 분야이니 석준은 장비 하나하나가 신기한 모양이었다. 잠시 둘러보다가 이제는 말해보라는 듯 진희를 바라보았다.

"결혼도 아니고, 도대체 뭔데?"

"후후, 그럼 공개합니다."

진희는 가장 큰 모니터를 켰다. 그곳에는 익숙한 그림이 띄워져 있었다.

석준은 단번에 무엇인지 알아내고는 시큰둥한 표정이 되었다. 그가 푹 빠져 사는 진우전생록이었기 때문이다. 후유증이 장난 아니라 일상생활에 지장이 생기고 있었다.

"이거 너도 보냐? 저번에 말했을 때는 이런 거 안 본다며. 이게 중대 발표야?"

"어? 대표님, 이거… 다음 편인데요?"

"뭐?"

리온의 말에 석준이 크게 놀라며 모니터를 뚫어져라 바라보았다.

승엽도 같은 반응이었다.

석준은 재빨리 핸드폰을 꺼내 진우 블로그에 접속했다.

거기엔 모니터에 띄워져 있는 다음 편이 올라와 있지 않았다.

모두의 시선이 건우에게 모였다.

진희는 그들의 표정을 보며 드디어 만족할 수 있었다. 진희는 건우가 쌓아놓은 비축분 폴더를 보여주었다. 석준의 입이 크게 벌어졌다.

진우전생록은 단순한 만화가 아니었다. 문화의 권력 구도를 재편하고 있다는 소리까지 듣고 있었다. 그만큼 화제가 되었고, 또 하나의 한류로서 자리 잡아가고 있었다.

"사실 건우가 그린 거예요."

"뭐?"

"네?"

"무슨……."

석준과 리온, 그리고 승엽은 멍한 표정이 되었다. 진희는 핸드폰을 꺼내 그들의 표정을 찍었다. 워낙 이쪽 문화를 좋아하는 셋이었기에 보통 사람들보다도 더 큰 충격을 받은 모양이었다.

셋의 시선이 건우에게 천천히 돌아갔다. 셋의 표정을 보고는 건우는 미안함을 느꼈다.

"아… 그렇게 되었습니다. 처음엔 취미로 시작했는데 어쩌다 보니……."

건우의 말에 석준이 옆에 있는 의자에 털썩 앉았다. 가장 먼저 정신을 차린 건 리온이었다.

리온은 건우의 특별함을 알고 있었기에 진희처럼 순식간에 상황을 받아들일 수 있었다.

"후배님, 다음 편 봐도 되요? 비축분이 엄청 많던데."

"네. 얼마든지요."

"오오! 흐윽, 살아 있길 잘했어."

리온이 그렇게 말하며 눈시울을 붉혔다. 진희는 흐뭇하게 그 모습을 바라보고 있었다.

상황이 겨우 정리되었다. 하지만 생각을 정리하는 데 조금 시간이 필요했다.

그냥 놓고 보면 조금 오버스러운 반응일 수도 있었다. 그러나 제2의 '골든 시크릿'이 될, 아니, '골든 시크릿'을 뛰어넘을 거라는 관측이 나오고 있는 컨텐츠이니 그런 반응이 나올 수밖에 없었다.

특히 석준 같은 경우에는 더욱 그러했다.

석준은 문화 컨텐츠가 가진 위력을 잘 이해하고 있었다.

이미 행사 같은 곳에서 '골든 시크릿'과 마찬가지로 진우전생록을 코스프레한 해외 사람들이 많이 발견되고 있었다. 전용 부스까지 생기더니, 점자 그 숫자가 폭발적으로 늘어가고 있었다.

'어쩐지 무언가 느낌이 오기는 했어.'

곰곰이 생각해 보니 건우의 노래를 들었을 때, 연기를 보았을 때 느꼈던 그 알 수 없었던 감각. 그것이 진우전생록에서도 느껴졌다. 그런 짜릿한 기분을 느끼게 해준 사람은 오직 건우밖에 없었다.

'한 사람이 문화를 집어삼키고 있네. 이건 분명 엄청난 일이 될 거야.'

석준은 흥분하는 승엽과 리온을 진정시키고 있는 건우를
바라보면서 그렇게 생각했다.

지금 건우는 대중문화를 점령해 나가고 있는 것처럼 보일
지경이었다.

건우는 천재라고 불러도 너무나 부족함이 있었다.

차라리 팬들처럼 신이라고 부르는 게 맞다는 생각이 들 정
도였다.

석준은 길게 숨을 내쉬고는 건우를 바라보았다.

"음, 네 성격을 봤을 때… 정말 가볍게 시작했겠지."

석준은 건우를 정확히 이해했다.

그가 만든 작은 일은 언제나 대단히 커져서 폭풍이 되곤
했다. 이번에도 그러했다. 그리고 아마 앞으로도 그러할 것이
다.

석준은 냉정을 되찾았다.

"이제 어떻게 하려고?"

"일단……."

건우는 자신이 생각한 것들을 말하기 시작했다.

에드스타 측과 만나서 이야기를 나누고 싶었다. UAA 쪽에
대리로 맡길 수도 있었지만 직접 그들과 그들의 화사를 보고
나서 판단하고 싶었다.

합격점에 이르면 에드스타나 건우에게도 이익이 되는 방향

으로 이야기를 할 생각이었다.

그렇지 않다면 다른 곳으로 연재처를 옮기거나 차라리 개인 사비를 들여 작은 규모라도 책으로 출판하면 된다고 생각했다.

마침 LA에서 독립 영화제를 하는데 아카데미 남우주연상을 탄 건우에게 정중하게 초청이 왔다.

정식 명칭은 '신세계 독립 영화 축제'였다. 기존 영화에서는 볼 수 없었던 새로운 형태의 독립 영화들이 대거 출품되었다고 한다.

나름 흥미가 당기는 구석이 있었다.

에드스타가 있는 쪽도 LA 근방에 있었다. 캘리포니아의 헌팅턴 비치라 불리는 곳이었다.

석준은 고개를 끄덕였다.

"음, 그럼 UAA에게 연락을 해야겠네. 그쪽에서 엄청 흥분할 것 같은데? 이번에 YS와 계약을 다시 갱신해서 한국까지 찾아온다고 했었어."

"아, 가신 일은 잘되었나 봐요?"

"일찍도 물어본다. 당연히 잘되었지."

UAA와 YS는 좋은 파트너 관계를 지속하고 있었다. YS 소속 가수가 미국에 진출할 때 많은 도움이 될 것이었다. 제2의 이건우를 찾아내려는 움직임도 보였다. 아무튼 건우를 관리해 주는 기획사라는 것만으로도 UAA는 예전에 비해 훨씬 많은 돈을 쓸어 담고 있었다.

UAA는 건우가 미국에 오게 되면 무조건 건우를 1순위로 챙겼다.

건우를 관리해 주는 변호사들과 관련 직원들은 미국에서도 손꼽히는 이들이었다. 아무튼, 마이클을 통해서 일을 처리한다면 절대 손해는 없을 것이었다.

석준과 앞으로의 일에 대해 이야기를 나눴다.

일단 에드스타와의 일은 UAA와 함께 진행하는 방향으로 정했다.

석준은 한숨을 내쉬면서 고개를 설레 저었다.

"이제 더 없지?"

"네."

"좋아, 그럼 이제 맘 좀 놓고 쉬자. 아! 그 LOH는 나에게 맡겨줘라."

"그거요?"

"나 좀 써먹자. 그거. 너무 UAA에게만 일을 맡기잖아."

석준의 말에 건우는 피식 웃으면서 고개를 끄덕였다.

중대 발표가 끝났으니 이제 본격적으로 술자리를 시작할 시간이었다.

좋은 장소에 좋은 사람들과 있으니 아쉬운 점이 단 하나도 없었다.

"건우야! 네가 그냥 다 해먹어라."

"그래요. 다 잡수세요."

술이 얼큰하게 취한 석준과 리온이 말했다.

누가 짐작이나 할 수 있을까?

요즘 떠들썩한 이야기의 주인공은 사실 모두 건우였다.

『톱스타 이건우』 10권에 계속…

초대형 24시 만화방

신간 100%, 샤워실, 흡연실, 수면실(침대석), 커플석, 세탁기 완비

■ 광명 광명사거리역점 ■

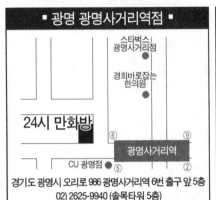

경기도 광명시 오리로 986 광명사거리역 6번 출구 앞 5층
02) 2625-9940 (솔목타워 5층)

■ 강북 노원역점 ■

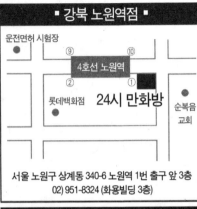

서울 노원구 상계동 340-6 노원역 1번 출구 앞 3층
02) 951-8324 (화용빌딩 3층)

■ 일산 정발산역점 ■

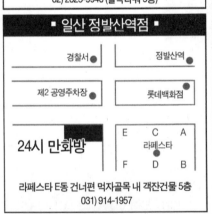

라페스타 E동 건너편 먹자골목 내 객잔건물 5층
031) 914-1957

■ 일산 화정역점 ■

경기도 고양시 덕양구 화정동 984번지 서일빌딩 7층
031) 979-4874 (서일사우나 건물 7층)

■ 부천 역곡역점 ■

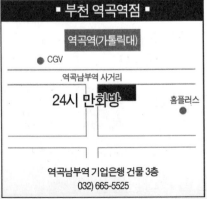

역곡남부역 기업은행 건물 3층
032) 665-5525

■ 부평역점 ■

(구)진선미 예식장 뒤 한신포차 건물 10층
032) 522-2871